KB180041

연애 방법

송창민 지음

그와 그녀에게
최고가 되고 싶은 당신에게

Prologue

'연애는 쉽다. 단지 나 자신을 알아가기 어려울 뿐이다.'

연애란 원래부터 어려운 걸까?
누구는 조건이 좋아도 연애를 힘들게 하고,
누구는 조건이 좋지 않아도 연애를 쉽게 한다.
나보다 못한 것 같은 사람들도 다들 연애를 잘하기만 하는데,
왜 나만 연애가 너무 어려운 걸까?

연애란 남녀가 함께 보내는 시간의 과정이다.
이별하기 전까지 함께 만나고,
함께 시간을 보내면서 끊임없이 '자신의 존재'를 주어야 한다.
하지만 어떻게 '자신의 존재'를 줄 수 있을까?

바로 이 존재 방식에 따라 연애가 쉽기도 혹은 어렵기도 하다.
사실 연애에 성공하는 방법은 아주 간단하다.
'연애 성공=괜찮은 사람'이기 때문이다.

이 책은 연애하면서 어떻게 하면 자신이 가치 있는 사람으로 존재할 수 있는지,
그 사람에게 정말 괜찮은 사람이 될 수 있는지에 관한 방법을 알려준다.
이 방법들을 통하여 자신의 가치를 보여 줄 수 있다면
스스로 괜찮은 사람이 되어 성공적인 연애를 할 수 있게 될 것이다.

연애할 때 더 이상 자신을 잃지 않고
당당히 연애의 주도권을 잡고
무모한 희생 없이 자기다운 연애를 할 수 있게 되는 것이다.

다들 연애가 어렵다는
2018년

송창민

CONTENTS

Chapter 1
남자를 좀 단순하게 봐

CONTENTS

Chapter 2
자존감은 낮아도 괜찮은 여자가 되려면

CONTENTS

Chapter 3
예뻐도 정중히 거절할게

CONTENTS

Chapter 4
너 자신이 연애 방법이야

CONTENTS

Chapter 5
버려질까 두려워 먼저 헤어지자고 했어

CONTENTS

Chapter 6
연애는 소모가 아니라 성장이야

연애
방법

Chapter 1

남자를 좀 단순하게 봐

남자를 좀 단순하게 봐

바빠서 연락 못 했어(귀찮아서 연락 못 했어)

"미안, 바빠서 연락 못 했어."
나는 내 인생에서 연락을 못 할 만큼 바쁜 적은 없었다.
나중에 연락해도 된다고 생각했다.
그래도 괜찮다고 믿었다.
그래서 연락하지 않았다.
카톡을 보내는 데 걸리는 시간은 몇 초,
1분이라도 잠깐 통화는 할 수 있다.
단지 의식하지 않아서 하지 않았을 뿐이다.
바빠서?
아니 너무 뻔한 핑계일 뿐이다 .

바빠서가 아니라 우선순위에서 밀려난 것뿐이다.

테이스트(She has tastes in)

첫 만남이라서 노골적으로 물어보지는 않는다.
대화 도중 알게 모르게 은근슬쩍 여자는 그렇게 소금을 친다.

“요즘 층간 소음이 문제죠? 시끄럽지 않으세요?”
이건 ‘아파트에 사니?’라는 질문이다.
“술 마시면 운전은?”
이건 ‘차는 있니?’이다.
“지금 몇 시예요?”
이건 ‘시계는 뭐니?’이다.
하지만 남자는 쉽게 눈치챈다.
여자를 만날 때마다 민감했던 부분이었으니까.
소개팅을 마치고 집에 가서 누워도 생각난다.
그녀가 간을 봤구나.

내 조건보다 가치를 알아봐 주길 바랐는데, 역시나….
이해는 가지만 좀처럼 잠을 이룰 수 없다.
한참을 뒤척이다 겨우 잠이 든다.
아파트? 차? 시계?
차차 알아갈 수 있는 정보다.
굳이 처음부터 간을 볼 필요는 없다.

남자는 위축되면 자신을 숨긴다.
간을 보려다 곪는 수가 있다.

내 남자 친구는 자상한 남자일까?

여자는 자상한 남자를 만나야 행복할 수 있다.
그렇다면 자상한 남자란 어떤 남자일까?
의외로 알기 쉽다.

"자기 배 안 고파?"

a. 응.

b. 응. 난 배 안 고픈데, 자기는?

바로 b가 정답이다.
한 번만 더 되물어봐 줄 수 있다면 그 남자가 바로 자상한 사람이다.

자상한 남자는 그렇지 못한 남자보다 더 많은 자유를 상대에게 허용해 줄 수 있다.

잘난 남자도 알고 보면 소심해

남자는 표정도 풀려야 완전히 화가 풀린 상태다.

말로는 괜찮다고 하지만, 표정이 굳어 있다면 아직 심기가 불편하다.

한마디로 꽁한 것이다.

이때의 심리 상태는 다음과 같다.

- 더 이상 싸우면 서로가 피곤해질 것 같다.
- 이대로 물러서기에는 자존심 상한다.
- 더 크게 싸우고 싶다.
- 오해가 완전히 풀리지 않았다.
- 그녀가 자신의 잘못을 인정하지 않는다.
- 미안하다는 말을 더 듣고 싶다.

이럴 때는 한 번 더 사과해야 한다.

빨리 화제를 돌리는 것도 좋은 방법이다.

"자기야, 미안해. 그만 풀고. 우리 저기 가보자."

그럼 못이긴 척 그냥 따라간다.

그러다 좀 있으면 왜 꽁했는지 스스로 설명한다.

여자는 남자를 어르고 달래야 할 때가 많다.

새싹 유치원 개나리반 어린이처럼 말이다.

남자는 화가 났을 때 말을 하지 않는 것을 남자답다고 생각한다.
그리고 너와 나는 다르다고.

오늘의 날씨는?

데이트를 할 때 남자가,
“오늘 춥죠?” 혹은 “오늘 덥죠?”라고 물어보는 것은 미안해서다.
또한 이런 날씨에도 불구하고 나와 줘서 고맙다는 감사의 표현이기도 하다.
이럴 때 만약 여자가 “네, 덥네요.”라고 말하면 남자는 죄책감에 빠진다.
이런 날씨에 괜히 불러내서 고생시키는구나 하는 마음이 문득 들기도 한다.
사랑에 빠지면 남자는 소심해지기 마련이니까.

이럴 때는 “아뇨, 괜찮아요.”라고 말해주면
남자는 곧 안도의 한숨을 쉴 수 있다.
그럼 더욱 적극적이고 기분 좋게 데이트를 즐긴다.
그녀에게 감사해하면서.

여자가 더울 때는 덥지 않게, 추울 때는 춥지 않게 입고 나오면 남자는 한결 맘이 편해진다.

늦더라도 기본 에티켓은
지켜주자.

남자는 기본만 지켜줘도
만족해한다.

여자가 늦을수록 자존심 상해

만약 약속 시각이 오후 4시라면
남자는 적어도 3시 45분 정도에는 도착한다.
담배를 피우는 남자라면 미리 담배도 한 대 피우고,
아니라면 일찍 와서 좋은 자리를 살펴보기도 한다.
그런데 여자가 10분 정도 늦는다면 남자의 입장에서는 25분을 더 기다려야 한다.
그래서 10분 늦었을 뿐인데 오래 기다린 것처럼 느껴진다.
여자는 준비할 게 많아서 늦을 수도 있다.
하지만 늦더라도 연락은 해주자.
그녀가 '늦었으니까 커피는 제가 살게요.'라고 카톡을 보내면
그는 금방 풀린다.
근데 말도 없이 늦으면 1분이 10분처럼 고되다.
대부분의 여자는 약속 시각에 늦어지는 것을 대수롭지 않게 여긴다.
늦더라도 기본 에티켓은 지켜주자.
남자는 기본만 지켜줘도 만족해한다.

남자는 자존심이 강해서 여자가 늦을수록 자신이 무시당한다고 여긴다.

시간이 없었다고? 자주 쓰는 핑계야

바쁘다.

시간이 없었다.

잘 모르겠다.

배터리가 없었다.

네가 연락할 줄 알았다.

나도 모르게 잠들었다.

일 때문에 힘들다.

요즘 집안이 안 좋다.

관심이 없어서다.

더 이상 묻지 마라.

남자의 핑계는 간결하다.

사랑을 확인하기 위해 하는 어리석은 말, "우리 헤어져."

그녀는 정말 헤어지고 싶어서 헤어지자고 하지 않았다.
사랑을 확인하고 싶어서,
붙잡아 달라고 한 것이다.

하지만 그때부터 남자는 생각한다.
'우리가 헤어질 수도 있겠구나.'
어쩌면 그는 그때부터 이별을 염두에 두고 그녀를 만났는지도 모르겠다.

부정적인 단어는 그 이상의 생각과 가능성을 심어준다.

남자들의 유치한 자기 자랑에 그냥 웃어주면 돼

남자는 3일만 운동해도 근육을 자랑한다.
남자는 운전면허증을 따는 순간 카레이서가 된다.
남자는 수영 초급반에만 들어가도 아시아의 물개가 된다.
남자는 조기 축구회에서 한 골만 넣어도 메시가 된다.
남자는 못 하나만 박아도 맥가이버가 된다.
남자의 유치한 자랑에서 논리를 찾으면 안 된다.
그럼 내 남자를 인정해 줄 수 없다.

남자들이 얼마나 인정받고 싶어 하는지 아는가?

남자의 유치한 자랑에서
논리를 찾으면 안 된다.

그럼 내 남자를
인정해 줄 수 없다.

또 검색하니? 남자들이 좋아하는 선물 BEST 5

세상은 자꾸만 남자와 여자의 생각을 구분한다.
하지만 경험상 남자 같은 여자도 있고, 여자 같은 남자도 있었다.
우리가 알아야 할 심리는 남자의 생각이 아니라
바로 그 남자의 생각이다.
즉, 남자들이 좋아하는 것이 아니라 그가 좋아하는 것을 알아야 한다.
그래야 내 남자의 마음을 사로잡을 수 있다.
그렇다면 노트에 한 번 적어보자.
남자들이 좋아하는 BEST 5가 아니라 그가 좋아하는 BEST 5를.
그리고 실천에 옮기면 된다.
내 남자가 원하는 것을 충족시켜 줄 수 있는 유일한 여자가 되는 것이다.

남자는 여자에게 자신이 좋아하는 것들을 끊임없이 말해준다.
여자는 귀담아듣지 않고 친구들에게 물어본다.
"남자들은 도대체 뭘 좋아하는 걸까?"

스킨십만 시도하고 사라지기

1. 남자와 처음 만났다.
2. 남자가 스킨십을 시도했다.
3. 여자는 거절했다.
4. 남자는 잠수탔다.
5. 더 이상 연락이 되지 않는다.

어떤 오해는 없다.
당신의 실수도 없다.
그는 다만 당신을 스킨십 대상으로밖에 보지 않았던 것이다.
제발 상황을 재해석하지 마라.
더 나가면 후회만 남는다.

6. 그를 만난다.
7. 그의 요구를 들어준다.
8. 그에게 휘둘린다.
9. 자아를 상실한다.
10. 그런 당신에게 질려 떠난다.

결과는 뻔하다.

진심인 남자는 스킨십으로 사랑을 흥정하지 않는다.

누나들의 가장 큰 착각, "난 아직도 예뻐."

나이를 먹으면 현실 감각이 떨어지나 보다.
그녀들은 다음과 같은 착각에 빠져 현실을 잊고 있다.

- 젊었을 때 나는 예뻤고, 지금도 그때만큼 예쁘다. 나는 나니까.
- 괜찮은 남자만 만나면 언제든 그를 유혹할 수 있다.
- 연애에 흥미가 없어서 혼자 지낼 뿐이다.
- 더 조건 좋은 남자를 만날 때까지 기다릴 뿐이다.
- 마음만 먹으면 지금 당장에라도 결혼할 수 있다.
- 짝이 없으면 혼자 살면 되지. 그래도 행복하다.

남자는 때때로 여자를 단지 두 부류로 구분할 뿐이다.
어린 여자.
늙은 여자.

과거의 영광에 얽매여 남자를 무시하고,
나이와 어울리는 매력을 찾기 위해 노력하지 않는다면
단지 회피하고 싶은 늙은 여자로 남겨질 뿐이다.

나이가 들어도 '예쁘다'라는 말은 감탄이 아니라 위안이다.

과거의 영광에 얽매여
남자를 무시하고,
나이와 어울리는
매력을 찾기 위해
노력하지 않는다면
단지 회피하고 싶은
늙은 여자로 남겨질 뿐이다.
연애 ♥ 방법

원래 그런 남자가 아니라 그런 연애 스타일의 남자인 거지

처음에는 잘해줬는데 시간이 갈수록 변한다고?
원래는 그런 사람이 아니었는데 3개월 만에 이럴 수 있냐고?
어쩌면 그 남자는 원래 그런 남자였을지도 모른다.
저마다 연애 스타일이 있다.
어떤 남자는 처음부터 전력 질주한다.
정말 세상을 다 줄 것처럼 말과 행동을 한다.
지켜보는 이가 피곤할 정도로 열성적이다.
하지만 이것은 그 남자의 연애 초반 스타일일 뿐일지도 모른다.

그녀를 만났기 때문이 아니라
누구든 연애 초반 3개월간은
어떤 여자를 만나든 그렇게 하는 남자라는 것이다.

연애 스타일에 속아서 결혼하면 큰 문제다.

딱 여기서 키스까지만

남자는 키스로 마음을 확인한다.
이제 그녀도 나를 좋아하는구나.
그럼 안심하고 스킨십을 해도 되겠구나.
키스하면서 다음 단계를 염두에 둔다.
그래서 키스에만 온전히 몰입하지 못한다.
확신에 찰수록 손은 과감해진다.
만약 여자가 손을 뿌리치면 키스의 의미를 의심한다.
'나를 좋아하는데 왜 스킨십을 거절하지?'
남자는 여자의 단계적인 허락을 이해하지 못한다.
키스를 허락하면 모든 걸 허락했다고 착각하기도 한다.
그래서 남자에게는 키스만을 허락할 수 없다.
하지만 방법은 있다.
키스할 때 그의 두 손을 꼭 잡으면 된다.
그럼 키스의 정서가 조금은 경건해진다.

키스만 생각하고 키스를 시도하는 남자는 없다.

"You are my hero."

톰 크루즈의 오랜 팬은 그를 직접 보고 싶어 레드카펫 행사에 갔다.
톰 크루즈가 나타나자 사람들은 환호했고,
영화에서 볼 때보다 더 멋지게 후광이 비치고 있었다.
순간, 그에게 해야 할 말의 단어를 생각했다.
남자들이 가장 좋아할 만한 단어 하나.
마음을 움직일 수 있는 말.
"You are my hero."
톰 크루즈가 앞을 지나칠 때, 서툰 영어로 말했다.
"I appreciate."
그러자 시선을 고정하며 그가 화답했다.
악수도, 사인도, 사진 촬영에도 응했다.

오랜 팬은 '영웅'이라는 말로써
세계적인 배우 톰 크루즈의
아니 남자의 마음을 움직였던 것이다.

남자는 어릴 적부터 누군가의 '영웅'이 되고 싶어 한다.

남자들이
가장 좋아할 만한
단어 하나.
마음을 움직일 수 있는 말.
"You are my hero."
연애♥방법

마음에 없어도 연락하는 남자

나는 전혀 마음에 없으면서도 여자에게 연락하는 남자들을 본 적이 많다.
"내가 군대에 있어도 그 애라면 면회 올 거야!"
"지금 이 시각에 불러도 나올 수 있는 여자야."
"그 애는 아무렇게나 해줘도 괜찮으니까, 일단 불러 볼게."
"그녀라면 오늘 할 수 있을지도 몰라."
"술이 오르니까 갑자기 여자 생각이 간절한데, 그 애라도 만나야겠다."
"뭐? 약속이 있어? 그럼 대타로 그 애에게 연락을."

갑자기 연락하게 되는 여자, 남자의 입장에서 그리 어렵지 않은 여자다.
이유를 생략하고 불러내도 나올 수 있는 여자이기 때문이다.
편하게 만나서 편하게 잠수타도 되는 그런 여자 말이다.

**진짜 보고 싶어 전화를 건 남자는 그녀를 쉽게 불러내지 못한다.
아무런 준비도 없는 상황에서 단지 보고 싶은 마음 하나만으로
전화를 걸었기 때문이다.**

남자의 명품 시계

여자는 가방, 남자는 시계에 투자를 많이 한다.
때론 고가의 명품 시계로 과시하고 싶을 때도 있다.
홍콩여행을 가면 '짝퉁 시장'에 들러 득템하기도 한다.
롤렉스, 카르티에, 오메가…

그런데도 명품이 아닌 시계를 착용하는 남자도 많다.
남들에게 어떻게 보이는지 상관없는 남자거나,
정말 그 디자인의 시계가 마음에 드는 남자다.
같은 남자로서 후자에 더 신뢰가 간다.
가식을 떨지 않아도 되는 남자라는 사실을 증명하기 때문이다.

하지만 많은 여자는 명품이 아니어서 실망한다.
거짓된 시계가 거짓된 시간을 불러낼지도 모르는데 말이다.

명품 시계보다 더 중요한 건 잊을 수 없는 시간이다.

갑자기 전화 와서 약속 잡는 남자

남자들은 당일 약속을 잡는 걸 좋아한다.
남자들끼리도 그렇다.
지금까지 친구들에게 "내일 시간 되니?"라는 질문보다
"오늘 시간 되니?"라는 소리를 더 많이 들어봤다.
남자들도 여자들에게는 좀 더 선심을 써서 "내일 시간 되세요?"라고 물어본다.
따라서 여자들은 남자들의 갑작스러운 제안에 당황할 필요가 전혀 없다.
원래 남자는 즉흥적으로 약속을 잡기 때문이다.

"내일은 안 되는데요."라고 말하면 "그럼 모레는요?"라고 물을 때
정말 내가 보고 싶어서 만나자고 하는 것일 가능성이 높다.
그저 시간이 한가해서 나를 만나려 했을 경우에는 바로 수긍한다.
"네, 알겠어요. 그럼 다음에 봐요."

남자 대부분은 구체적인 계획이 아니라
그녀를 만날 계획만 생각할 뿐이다.
그래서 만남에 실망하는 여자들도 많다.

순정남의 헌신일까? 바람둥이의 수작일까?

그녀의 물컵에 물이 떨어지자 물을 부어준다.
비빔밥을 맛있게 비벼준다.
김밥의 양쪽 끝부분을 먹어준다.
택시를 탈 때 자기부터 들어간다.
직접 차에 내려서 차 문을 열어준다.
계단을 올라갈 때 먼저 올라간다.
에스컬레이터를 탈 때 뒤에 선다.
자신의 코트를 벗어서 뒤에서 감싸준다.
이것은 바람둥이의 매너가 아니라 진짜 사랑을 해본 남자의 매너다.
한 여자와 오랫동안 만나면서 몸에 익은 매너이기 때문이다.
그리고 그녀에게 집중했기 때문에 할 수 있던 '배려'였다.

바람둥이의 매너는 뜬금없고 자연스럽지 못하다.
그리고 생색을 낸다.

연애할 때 한국 남자들의 뻔한 수법

- 본인 정도면 아주 괜찮다고 생각한다.
- 자신을 제외한 모든 잘난 남자는 사기꾼, 바람둥이이다.
- 식당에서 '이모'라고 부르는 걸 성격 좋다고 생각한다.
- 젊은 나이에 외제 차를 가진 남자는 능력도 없으면서 부모를 잘 만난 것이라고 간주한다.
- 여자가 화장을 전혀 안 하고 나오면 자신을 무시하는 처사라고 생각한다.
- 여자는 남자의 키에 맞춰 굽을 선택해야 한다.
- 부재중 전화를 확인하면 연락해줘야 한다.
- 숟가락 젓가락은 여자가 챙겨줘야 한다.
- 고깃집에서는 쌈을 싸줘야 한다.
- 장거리 연애를 할 때 남자가 세 번 가면 여자는 한 번은 와야 한다.
- 여자가 친구들을 부르면 계산해줘야 한다.
- 여행을 갈 때 남자가 숙소를 예약하면 여자는 차에 기름을 넣어줘야 한다.
- 자신을 사랑하면 비싼 선물을 요구해선 안 된다.
- 여자의 현재 행동을 통해 과거 행실을 추측한다.
- 모텔에 들어가서 거절하면 안 된다.

물론 사람에 따라 상식도 바뀐다.
그리고 나의 가치에 따라 상식을 뒤엎는다.

여자의 계산이 더하기 빼기라면, 남자의 계산은 곱하기 나누기다.

그 남자 앞에서 취하면 안 되는 결정적 이유

그녀는 그와 함께 있었기 때문에 취한 것이다.
다른 사람들과 함께 있었더라면 아마 취하지 않았을 테다.
하지만 남자는 그렇게 생각하지 않는다.
그녀는 원래 술을 마시면 이렇게 취한다고 생각한다.
'얼마나 많은 남자 앞에서 이렇게 취해서 정신을 잃었을까?'
남자는 그녀가 의심스러워지기 시작한다.
여자는 그것도 모른 채 곤히 잠들어 있다.

그 여자가 그 남자를 믿고 잠이 들면
남자는 여자를 믿지 못하기 시작한다.

남자들의 뒷담화

남자는 친구에게 여자 친구에 관해서 어디까지 얘기할까?

여자 친구와의 섹스 횟수

여자 친구와 함께 간 모텔의 시설

여자 친구의 가슴 크기

여자 친구 친구의 험담

여자 친구의 속옷

여자 친구가 준 선물의 가격

여자 친구의 돈 씀씀이

여자 친구 부모님의 경제력

여자 친구의 과거

물론 더 은밀한 얘기도 있었지만 여기서는 생략한다.

남자는 자신을 과시하기 위해서
여자 친구의 비밀까지 폭로할 수 있는 놈들이다.

이런 여자가 성격이 좋지

남자들 세계에서는 성격 좋은 여자를 가늠하는 이상한 논리가 있다.
여자가 편의점 컵라면을 좋아하면 성격이 좋은 여자다.
여자가 당구를 좋아하면 성격이 좋은 여자다.
여자가 길거리 액세서리를 좋아하면 성격이 좋은 여자다.
여자가 허름한 곳을 좋아하면 성격이 좋은 여자다.
여자가 막걸리를 좋아하면 성격이 좋은 여자다.
여자가 포장마차를 좋아하면 성격이 좋은 여자다.

즉, 남자의 입장에서 편하고 유지비가 적게 들면 성격이 좋은 여자가 되는 것이다.
남자인 내가 봐도 참 이상한 논리가 아닐 수 없다.

남자는 여자가 조금 만만해야 성격이 좋다고 생각한다.

남자의 성향도 알 수 있는 뷔페

매너 있는 남자는 그녀의 접시부터 챙긴다.
관심 있는 남자는 그녀와 함께 움직인다.
절제된 남자는 접시의 여백이 많다.
깔끔한 남자는 접시에 음식을 담을 때도 정갈하다.
성격이 급한 남자는 뷔페에서도 빨리 먹고 빨리 일어난다.
과욕이 있는 남자는 접시에 음식을 많이 남긴다.
자상한 남자는 그녀가 좋아하는 것도 챙겨 온다.
취향이 분명한 남자는 골고루 먹지 않는다.
주체성 있는 남자는 과식하고 나서 뷔페에 온 걸 후회하지 않는다.
쩨쩨한 남자는 실컷 먹고도 돈이 아깝다고 한다.

우리는 충분히 상대방을 통찰할 수 있다.
하지만 조건에 눈이 멀어 모든 걸 그냥 넘겨버리는 과오를 범하고 만다.
후회는 자기 몫인데도.

성향은 속일 수는 있어도 감출 수는 없다.

남자들이 약한 여자

남자는,
예쁘지만 예쁜 걸 자랑하는 여자보다
예쁘지만 겸손한 여자에게 약하다.
여자의 미모는 가만히 있을 때 빛난다.
자신의 입으로 미모를 말하는 순간 빛을 잃는다.
겸손은 여자의 미덕이다.

꽃은 향기를 자랑하지 않는다.

남자는,

예쁘지만
예쁜 걸 자랑하는 여자보다

예쁘지만
겸손한 여자에게 약하다.

연 애 ♥ 방 법

잠깐, 여기서 "STOP"

남자는 이때쯤 여자가 브레이크를 밟아줬으면 할 때가 있다.

"자기야, 뭐 안주 하나 더 시킬까?"

→ "아니, 안주 없어도 괜찮아."

"자기야, 백화점에 가서 살까?"

→ "아니, 그건 아울렛에서 사자."

"자기야, 별로 재밌는 영화가 없네?"

→ "그럼 영화 보지 말고 산책하자."

"자기야, 벌써 12시가 넘었네?"

→ "그래, 자기도 잘 자고."

"자기야, 괜찮은 스시집이 없네?"

→ "우리 김밥이랑 떡볶이 먹자."

남자는 진행할 사항에 관해서는 여자에게 재차 확인하지 않는다.

마음이 없을 때만 여자에게 동의를 구한다.

단, 처음 키스할 때를 제외하고는 말이다.

남자의 수준은 여자가 낮춰 줘야 한다.

남자를 웃길 줄 아는 여자

남자와 여자가 함께 코미디 영화를 보러 갔다.

웃긴 장면에서 힐끔 그녀를 곁눈질한다.

그녀가 웃는다.

남자도 따라 웃는다.

또 웃긴 장면이다.

그녀가 웃는다.

남자도 따라 웃는다.

남자는 웃긴 장면에서가 아니라 그녀가 웃을 때 웃는다.

그녀의 밝은 모습에 남자는 진심으로 웃을 수 있다.

그게 바로 여자의 유머다.

그가 웃지 않았던 이유는 당신이 웃지 않았기 때문이다.

밸런타인데이인데 초콜릿만 주니까 실망하지

윤호와 창민은 밸런타인데이에 여자 친구에게 초콜릿을 받았다.

윤호: 난 편의점에서 급하게 사주던데….

창민: 선물은?

윤호: 은근 기대했었는데 선물은 없더라.

창민: 난 편지가 더 감동적이야.

윤호: 뭐? 손편지까지?

창민: 응.

윤호: 내 여자 친구는 나한테 무관심한 게 분명해. 화이트데이 때 두고 보자고!

밸런타인데이에 남자가 기대하는 것은 선물이다.
초콜릿은 명분일 뿐이다.
대개의 남자는 초콜릿을 별로 좋아하지 않는다.
'초콜릿+선물+편지'=감동

밸런타인데이를 상술이라고 말하는 남자는 두 부류다.
말만 그렇게 하는 남자와 화이트데이를 그냥 넘길 남자.

남자의 언어와 여자의 언어

남자: 자기야, 나 배고파.
여자: 자기야, 배 안 고파?

여자는 배가 고프면 남자가 배가 고픈지 물어본다.
이때 남자는 자기가 배고픈지 여부만 대답하게 된다.
그럼 여자는 남자가 관심이 없다고 오해하게 된다.
남자가 자신의 의사를 물어보지 않았기 때문이다.
따라서 이 같은 오해를 줄이기 위해서는 자신의 의사를 제대로 표현해야 한다.
"자기야, 나 지금 배고픈데, 자기는 어때?"
눈치 빠른 남자는 드물다.
에둘러 표현하면 자기 속만 탈 뿐이다.

남자는 표면적인 사실만 중요하게 여긴다.

"혼자 살아요." 그런 말 하니까 흑심 품지

처음 만난 남자에게 굳이 말하지 마라.
여자가 혼자 산다고 하면,
'외박하기 쉽겠구나.'
'예전 남자 친구도 집에 데려왔겠지.'
'밖에 나가면 돈만 쓰는데, 거기서 놀면 돈을 아낄 수 있어.'
여자가 혼자 있는 공간은 남자의 욕망을 자극한다.
더 견고한 사랑의 추억이 뻗어 나갈 기회를
그 협소한 공간이 차지해버리고 마는 것이다.
거기서 모든 것이 이루어질 뿐, 남는 건 그의 흔적들뿐이다.
그래서 여자의 방은 쓸쓸하다.

여자는 혼자만의 공간이 존재할 때까지만 신비감을 유지할 수 있다.

여자가 먼저 고백해도 될까?

여자가 먼저 고백해서 호감이 떨어진 게 아니다.
그녀가 고백했기 때문에 여자로서 호감이 없었던 것뿐이다.
고백은 행위의 문제가 아니라 존재의 문제다.
어떤 여자가 먼저 고백하느냐에 따라 결과가 달라진다.
그녀도 자신에 대한 자신감이 없었기 때문에 고백을 망설였을 것이다.
많은 여자가 자신을 바로 보지 못한다.
여자가 먼저 고백하면 남자들은 매력을 못 느낀다는 핑계로 말이다.

고백의 관건은 누가 먼저냐가 아니라 어느 누구냐이다.

많은 여자가
자신을 바로 보지 못한다.

여자가 먼저 고백하면
남자들은 매력을
못 느낀다는 핑계로 말이다.

남자는 배고프면 징징

저녁 7시에 그녀가 차로 나를 태우러 왔다.
나는 저녁을 먹지 않아서 배가 고팠다.
"우리 저녁부터 먹자."
그녀는 자동차 속도를 높이며 말했다.
"늦었어. 7시 30분에 시작하는 연극부터 보고 나서…."
'오늘 그런 계획이 없었는데?'
배에서 꼬르륵 소리가 났지만, 일단 연극을 보기로 마음을 정했다.
그녀의 성질(?)을 알기 때문이다.
연극은 셰익스피어의 〈오셀로〉를 각색한 작품이었다.
여기서 졸거나, 이해할 수 없다는 말을 하면 이내 교양 없는 남자 취급을 받는다.
일단 가만히 연극에 빠진 척하자.

연극은 막을 내렸고, 이젠 배가 고픈지도 모르겠다.
빵이냐 예술이냐?
그녀가 야속하게 느껴졌다.

남자와 저녁 공연을 볼 때는 식사 시간을 넉넉하게 배려해야 군말이 없다.

자기야, 휴게소에 들렀다 갈까?

남자에게 고속도로 휴게소는 화장실만 들르는 장소가 아니다.
휴게소만의 음식을 구경하는 재미도 있고,
여자 친구와 함께 소소한 시간과 공간의 추억을 만드는 곳이기도 하다.
선셋이 좋다는 ○○휴게소와 개그우먼 영자 누나가 꼭 먹어보라는 국수가 있는 곳까지 경유지로 잡았다.
휴게소에 도착하자 그녀가 무심하게 말한다.
"난 여기 있을게. 얼른 화장실 다녀와. 올 때 생수 하나만 사다주고."
남자는 쓸쓸하게 편의점만 다녀온다.
멀리 보이는 커플은 알감자 구이를 먹여주며 어찌나 꼼냥꼼냥 하던지….
무얼 기대했던 것일까?
그녀가 야속하게 느껴지던 휴게소였다.

남자는 잠깐 쉬려고 머물지 않는다.

첫 만남에 고기를 구워 먹는 남자는 도대체 뭘까?

첫 만남에서 고깃집에 가는 남자는 둘 중 하나다.
시원시원 쿨내 진동하는 그녀의 성격처럼 삼겹살에 소맥 한 잔이 간절했거나,
전혀 관심이 없지만 주선자의 입장을 고려하여 끼니를 해결하는 의미.
고기를 구워 먹는다는 것은 다음과 같은 의미이기 때문이다.

- 고기는 혼자서 먹지 못한다. 이왕 나왔으니 고기나 먹고 들어가자.
- 고깃집은 시끄럽다. 시끄러워서 그녀와 많은 대화를 나누지 않아도 된다.
- 고깃집에서는 술과 밥을 동시에 해결할 수 있다.
- 그 여자의 옷에 고기 냄새가 배는 것? 나랑 상관없다.
- 배도 부르고, 냄새도 나고, 나른해져서 빨리 집에 가도 된다.

그런데 그녀는 열심히 고기도 구워주고, 쌈도 싸준다.
남자가 고기를 사줬다고 친구들에게 자랑까지 한다.
안타깝다.

고기 굽는 냄새, 마늘, 된장 등 고깃집을 선택했을 때는
스킨십 가능성이 '0'이다.
그리고 고깃집에는 오래된 연인들이 더 많다.

Chapter 2
자존감은 낮아도 괜찮은 여자가 되려면

자존감은 낮아도 괜찮은 여자가 되려면

네 향기 때문에 이상한 상상 했잖아

여자의 향기를 맡으면 남자는 상상한다.
그녀에게서 비누 향이 나면 그녀가 샤워하는 상상을.
상큼한 향기가 나면 상큼한 포옹을 하는 상상을.
달콤한 향기가 나면 달콤한 키스를 하는 상상을.
섹시한 향기가 나면 야한 상상을.
그래서 남자는 여자의 향기에 설렌다.

삶에 향기가 나면 결혼하는 상상을.

그녀 자체가 이벤트

풍선이나 촛불 그리고 선물은 남자의 이벤트다.
여자의 이벤트는 그녀 자체다.
오늘따라 파격적인 패션,
어제와 다른 헤어스타일,
사뭇 도도해 보이는 화장,
다행히 웃어넘기는 여유,
갑작스러운 그녀의 계획,
남자는 여자의 모습에서 놀라운 감동을 경험한다.

남자는 한 여자에게서 여러 번 바람을 피우고 싶어 한다.

차가워 보이는 그녀의 전략

차가워 보이는 여자가 있다.
자신은 차갑지 않은데 남자들이 오해한다.
그렇다고 "따뜻한 여자예요."라고 애써 밝히고 싶진 않다.
하지만 그대로 가만히 있으면 남자는 자신감을 잃는다.
'저 여자가 나를 싫어해서 차갑구나.'라고 생각할 가능성이 높다.
따라서 차가워 보이는 여자라면

- 첫 만남에서 올 블랙은 피하자.
- 메이크업은 과하지 않게, 퓨어하게
- 다리를 꼬고 너무 시크하게 앉지 말자.
- 자신의 어린 시절 얘기를 하자.
- 수저나 티슈를 챙겨주자.
- 상대방의 이야기에 귀 기울이며 많이 웃어주자.

"전 아이들을 좋아해요.",
"그런 얘기들은 너무 따뜻하고 감동적이에요.",
"어머 귀여워라."

차가워 보이는 여자가 너무 정중하면 고드름이 된다.
그리고 아무리 차가워 보이는 여자라도
온전히 남자에게 집중해주면 남자는 얼지 않는다.

차가워 보여서 내 마음이 더 따뜻하게 다가갈 수 있다.

아무리
차가워 보이는 여자라도

온전히 남자에게 집중해주면
남자는 얼지 않는다.

연 애 ♥ 방 법

그녀는 스파이더맨

그는 슈퍼 히어로를 좋아한다.

할리우드 히어로물이 나오면 꼭 극장에 간다.

영화 〈스파이더맨〉이 개봉했을 때 그녀와 함께 보러 갔다.

영화를 다 보고 나오는데 그녀가 장난을 친다.

슉~ 하며 손목으로 거미줄을 내뿜는 시늉을 한다.

슉~ 슉~

그도 따라 거미줄에 포박당하는 시늉을 한다.

서로 맘껏 웃는다.

마치 어린애가 된 기분이다.

그는 한 수 더 떠서 벽을 타는 시늉을 한다.

그녀는 그를 이상한 사람 취급하며 재빨리 도망간다.

그는 그녀를 잡으러 간다.

둘이서 잘 논다. 잘 놀아.

남자는 어릴 적 여동생과 함께 프로레슬링을 하며 지냈다.

로프 반동!

혹시 '아메리카노' 좋아하세요?

커피를 좋아한다면 알고 있어야 한다.
아메리카노가 가장 맛있는 집.
카페라테의 풍미를 더해주는 풍경.
에스프레소와 잘 어울리는 음악.
편하게 카푸치노를 음미할 수 있는 창가 세 번째 자리.
환상으로 어울리는 빵집까지.
정말 알고 있을 때 우리는 진심으로 '좋다.'라고 말 할 수 있다.
"혹시 커피 좋아하세요?"
그럼 나는 나만의 느낌이 담긴 에스프레소를 소개해 줄 수 있다.
상대방은 나를 통해서 '좋다.'라고 말할 수 있게 된다.
정말 '좋아.'라고 할 수 있는 것들이 많을 때,
당신과 만나게 되면 좋은 느낌을 받게 된다.
'좋다.'
'정말 좋다.'
혹시 당신은 자신이 좋아하는 것이 뭔지 제대로 알고 있는가?

특별한 여자가 된다는 것은
자신만의 느낌을 전해 줄 수 있을 때 가능하다.
그리고 그 느낌은 그가 좋아하는 나만의 느낌이다.

여자의 킬힐은 호러다

날씨가 좋아서 야외로 가자고 했다.
봄바람과 꽃향기를 느끼고 싶었다.
함께 걸으며 이런저런 얘기도 나누고 싶었다.
그녀를 기다리는 동안 혼자 신이 났다.
저기 그녀가 걸어온다.
헐! 데이트 코스 전면 수정이다.
그녀가 킬힐을 신고 있다.
여기까지 오는 데도 힘겨워 보인다.
옆으로 한 번 휘청도 한다.
이럴 때 여자의 킬힐은 무기가 된다.

가장 이상적인 패션은 그날의 스토리와 어울리는 패션이다.

마음 성형 수술하기

외면은 아름답지 않지만, 내면은 아름답다고?
아니다.
외면이 내면이다.
내면이 외면이다.
눈빛은 마음이다.
표정은 감수성이다.
스타일은 미적 감각이다.
몸매는 의지다.
걸음걸이는 당당함이다.
이렇게 외면은 내면을 반영한다.
우리는 내면을 통해 외면을 가꿀 수 있어야 한다.
좀 더 다양한 방식으로 자신의 외면을 연주할 수 있어야 한다.
이런 내면을 통한 외면의 울림이 아름다운 멜로디를 완성해낸다.
그럴 때 여자는 음악이 된다.

나와는 달리 그녀는 아름답다.
어떠한 상황에서 드러나는 표정과 태도는 정말 아름답다.
눈동자를 옆으로 살짝 굴리며 웃을 때는 예술에 가깝다.

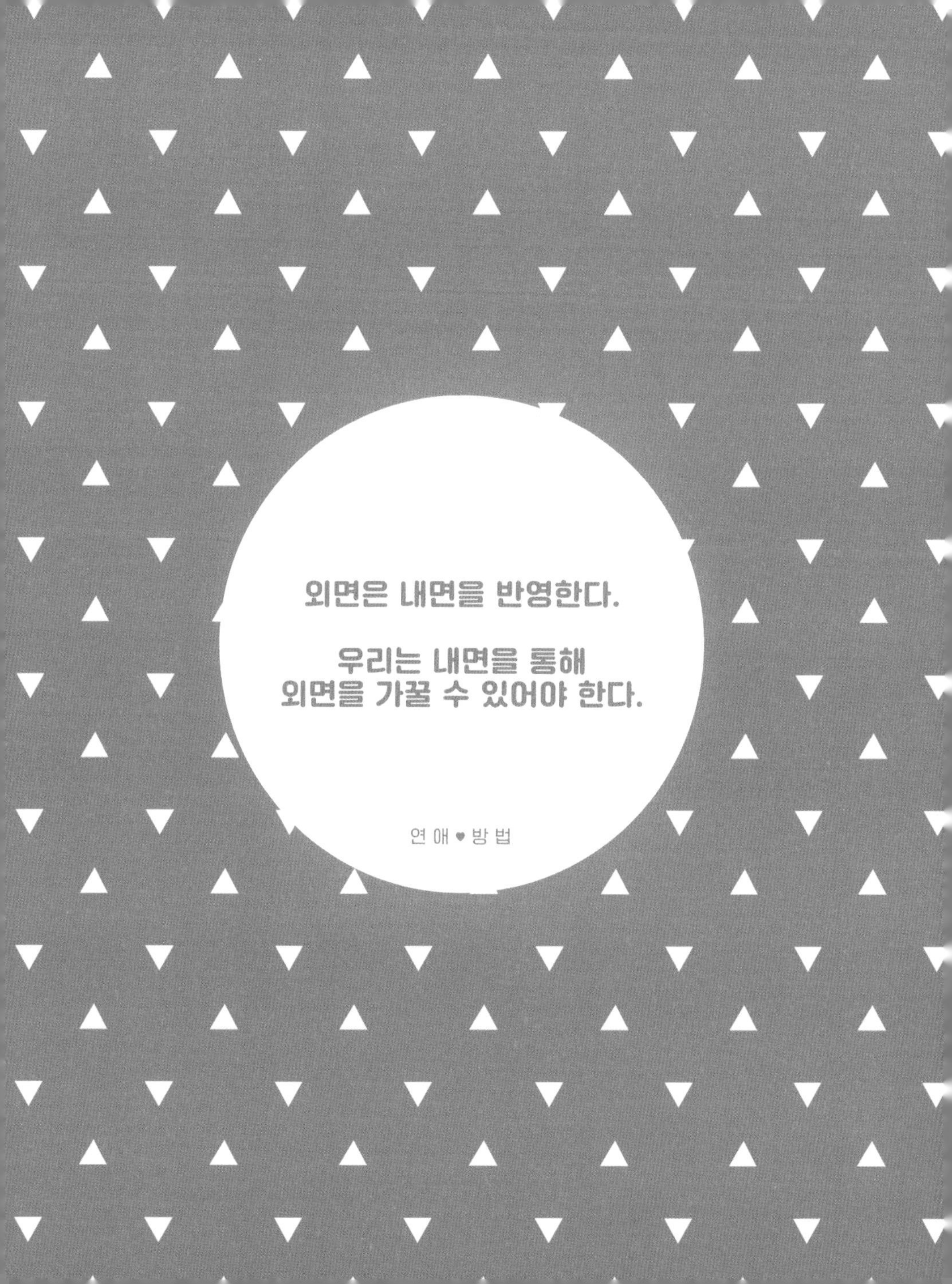
외면은 내면을 반영한다.
우리는 내면을 통해
외면을 가꿀 수 있어야 한다.
연 애 ♥ 방 법

남자는 저런 여자에게 눈 돌아간대

남자들은 친구와 함께 있을 때면 지나가는 여자를 평가한다.
30대 중반을 훨씬 넘은 여자인 것 같은데 친구가 뚫어져라 쳐다본다.
"맘에 들어? 나이가 많은 것 같은데."
"저런 여자라면 나이가 많아도 상관없어."
"왜?"
"섹시하잖아!"
여자는 나이가 들수록 어려 보이려고 노력한다.
그러나 남자들은 여자가 어려 보이는지 아닌지는 별로 중요하지 않다.
섹시한지 여부가 관건이다.
그래서 여자는 절대로 섹시함을 포기해서는 안 된다.

남자는 여자가 어려 보이면 가슴이 뛰지 않는데,
섹시하면 가슴이 뛴다.

검색하는 여자 vs 느끼는 여자

남자: 정말 맛있는 돈가스집 발견했어.

여자: 그래? 어딘데?

남자: **돈가스라고. 그 집 돈가스 먹어봤는데 정말 맛있었어.

여자: 못 믿겠는데.

남자: 뭐랄까. 난 옛날 경양식집에서 먹었던 맛을 좋아하거든.

여자: 촌스럽기는. 일단 내가 검색 한 번 해 볼게.
'**돈가스.'

여자: 별로인 것 같은데. 분위기도 그렇고, 평가도… 자기도 한 번 봐봐!
그냥 내가 아는 곳으로 가자.

남자: …

여자는 간과했다.
아는 것과 느끼는 것은 다르다.
**돈가스는 남자의 느낌으로 맛있는 집이다.
그건 남자만의 고유한 기호이다.

가만히 앉아서 검색해서 알기보다 함께 가서 온몸으로 느껴보자.
그럴 때 우리는 상대방을 느낄 수 있게 된다.
"자기, 이런 스타일의 돈가스를 좋아하는구나?"
그리고 상대방을 알게 된다.

사랑은 아는 것이 아니라 느끼는 것이다.

엉뚱한 메뉴를 고르는 여자

냉면집 가서 칼국수를 주문하는 여자.
탕수육집 가서 군만두를 주문하는 여자.
오뎅집 가서 낙지볶음을 주문하는 여자.
남자가 가자고 해서 갔지만, 메뉴까지는 포기할 수 없었던 모양이다.
물론 그렇더라도 다음부터 칼국수가 먹고 싶다면 말을 하자.
아직 친해지지 않아서 그는 당신의 음식 취향을 잘 모를 뿐이다.
당신이 알려주면 바로 수긍하니 걱정하지 말고 먼저 얘기하자.
"제가 알고 있는 칼국숫집이 있는데, 우리 거기 가요!"

그녀의 주문을 보고 남자는 그녀의 취향을 파악한다.

여기 정말 맛집 맞아?

데이트를 할 때 남자가 가장 난감한 순간은 음식점 선정에 실패한 경우다.
괜찮아 보여서 들어갔는데 분위기부터 별로다.
그럴 때 뭔지 모를 음산함이 느껴진다.
그냥 나갈까 망설이다가 메뉴판을 집어 든다.
음식이 나올 때까지 불안해서 물만 홀짝거리고 있다.
드디어 음식이 나왔다.
일단 잡채부터 맛을 본다.
맛있는 한정식집은 기본으로 나오는 잡채가 맛있기 때문이다.
아뿔싸! 하지만 때는 이미 늦었다.
이럴 줄 알았다면 차라리 그냥 아는 데 갈걸.
괜히 새로운 곳에 도전하려다 실패했다.
남자가 조마조마하고 있을 때
"어! 요즘 이거 먹어보고 싶었는데."
누구보다 맛집을 많이 알고 미각에 예민한 그녀다.
그녀는 그를 배려한 것이다.
그렇게 무사히 식사를 마칠 수 있었다.
후식으로 나오는 수정과는 차가워서 그나마 다행이었다.

이 세상에 일부러 맛없는 음식점에 여자를 데려가는 남자는 없다.

남자도 때로 여자에게 안기고 싶어

새삼스럽게 그녀가 말했다.
"자기 한 번 안아보자."
그는 안기기 싫어하는 어린아이처럼 굴었다.
"갑자기 왜?"
하지만 그녀는 그의 말을 등진 채 그를 안았다.
그리고 등을 두드려주며 말했다.
"그냥 이렇게 꼭 안아주고 싶었어."
조금 전의 어린아이는 얌전해진다.
가만히 안긴 채 눈을 감는다.
호흡조차 조심하면서.

남자를 안을 줄 아는 여자는 남자를 길들일 줄 아는 여자다.

키스를 부르는 치약

그녀가 양치질을 하고 나왔다.
나도 양치질을 하려고 들어갔다.
근데 내 칫솔 위에 치약이 짜여 있었다.
치약은 둥그런 형태로 약간 모자란 듯 짜여 있었다.
지금까지 누군가 내 칫솔 위에 치약을 짜둔 적은 없었다.
아마 어렸을 적 엄마가 억지로 양치하라며 그렇게 한 적 말고는.
하지만 희미해서 잘 기억나지 않는 추억이다.
사랑받고 있구나!
그래 그런 느낌이었던 것 같다.
어떻게 보면 아무것도 아니지만, 사랑이 전해진다.
그리고 그녀라면 괜찮은 사람일지도 모른다는 생각이 들었다.
그저 칫솔에 치약을 짜 두었을 뿐인데.
얼른 양치질을 마치고 그녀에게 키스해줘야지.

여자는 짝만 잘 맞춰줘도 남자에게 사랑을 표현할 수 있다.

새롭고 감동적으로 선물 주기

새해 초 그녀와 함께 백화점에 갔다.
친오빠 선물을 산다고 향수를 골라 달라고 한다.
평소 좋아하는 향수를 추천해주었다.
그녀와 헤어지고 가방을 열어 보니 이런!
그녀가 샀던 향수가 들어 있었다.
그녀에게 전화를 걸어 물어보았다.
그러자 그녀가 말했다.
"새해에 선물을 받으면 기분 좋잖아요."
정말 의외의 선물이라 더 감동적이었다.
이렇게 선물 주는 방식도 있었구나!
그녀가 새롭게 느껴지는 하루였다.

참으로 다양한 방식으로 기쁨을 나눌 수 있지만,
대개는 형식적이다.

신데렐라는 준비도 철저히

신데렐라는 운이 좋아서 왕자를 유혹할 수 있었던 게 아니다.
그녀는 혼자 집안일을 감당하며 몸매를 관리했다.
계모에게 구박받으면서 인내심을 키웠다.
언니들에게 왕따를 당하면서 홀로 책을 읽고 사색했다.
마법사 할머니의 코디를 수용하는 열린 마음이 있었다.
혼자 무도회장으로 갈 수 있는 용기가 있었다.
12시 이전에 빠져나올 수 있는 자제력이 있었다.

아무것도 하지 않고 질투만 하는 여자는 답이 없다.

자신의 단점은
감추는 것이 아니다.

자신의 장점으로
덮는 것이다.

연애할 때 여자의 단점 지우개

연애할 때 자신의 단점 세 가지를 적어보자.

1.

2.

3.

그렇다면 다음으로 자신의 장점 세 가지를 적어보자.

1.

2.

3.

자신의 단점은 감추는 것이 아니다.
자신의 장점으로 덮는 것이다.
인간은 장단점을 재구성해서 괜찮은 사람으로 평가한다.
단점을 감추기보다 장점을 만들기 위해서 노력해야 한다.

이런 장점이 있기 때문에 이런 단점을 묻어두고 사귀게 된다.
후회하게 되더라도.

그냥 끌리는 여자면 되는 거야

얼굴이 이상형이 아니어도
몸매가 좋고,
패션 센스가 맘에 들고.
태도가 당당하고,
언어의 예의가 바르면 끌린다.
그런데 이러한 사실을 쉽게 이해할 수 없는 이유는 그런 여자가 별로 없기 때문이다.
외모에 자신이 없다고 얼굴에만 신경을 쓴다거나 아예 전부를 신경 쓰지 않는다.

외모가 '자신 없다'고 생각된다면 더 많이 웃고 태도에 신경 쓰자.
에.티.튜.드.

스타벅스에 혼자 갈 때

혼자 스타벅스에 가서 책을 읽을 거라면 예쁘게 꾸미고 가자.
그냥 바람 잠깐 쐬고, 책만 보다 올 거라고?
그래도 구겨지고 목 늘어난 티셔츠에 감지 않은 머리를 대충
모자에 의지하는 것은 안 된다.
조금은 신경 쓰고 나가야 좀 더 오래 앉아서 커피도 마시고, 책도 볼 수 있다.
그리고 구석에 앉지 말고
창가 쪽이나 사람들을 구경할 수 있는 자리에 앉자.
사람 구경은 책과 더불어 혼자만의 재미니까.
또 혹시 아는가?
괜찮은 남자가 다가와서 내게 말을 걸지.

여자는 단장하는 시간부터 하루가 설렐 수 있다.

못생겼지만 결국 예뻐지는 여자

고등학교 시절을 떠올려 보자.
학기 초에는 미숙이가 가장 예뻤다.
그래서 미숙이가 남자들에게 가장 인기가 많았다.
하지만 학기 말에는 결과가 달라진다.
학기 초에는 별로였던 영희가 남자들에게 가장 인기가 많은 것이다.
미숙이는 얼굴은 예뻤지만, 성격과 취향이 별로였다.
그래서 볼수록 별로였다.
하지만 영희는 첫인상은 별로였지만, 갈수록 예뻐 보였다.
그녀만의 미소, 친구들을 대하는 태도, 성격이 예뻤기 때문이다.
다이아몬드의 광채는 내면의 결정구조에 따라 달라진다.
아무리 예뻐도 내면이 아름답지 못하면 결국에는 빛을 잃고 만다.

얼굴은 생김새가 아니라 느낌이다.

친구로 지내기도 사귀기도 어중간한 여자

뭔가 하나라도 제대로 알거나 할 줄 아는 것이 있다면 남자는 끌린다.
여자의 재능은 성적인 매력으로 이어지기도 한다.
그렇지만 대개는 어중간할 뿐이었다.
운동을 좋아한다고 하는데, 별로 운동한 몸매 같지 않다.
독서를 좋아한다고 하는데, 책을 들고 다니지도 않는다.
음식을 잘한다고 하는데, 한 번도 그녀의 음식 맛을 본 적이 없다.
사진을 좋아한다고 하는데, 전부 셀카뿐이다.
뭔가 확실히 좋아하고 할 줄 알아야 흡인력 있는 여자가 될 수 있다.
어중간하면 하나 마나일 뿐이다.
재능과 취향은 자랑해도 된다.
그건 나만의 독창적인 세계이기 때문이다.
내가 몰입할수록 상대방의 호감도 깊어진다.

그를 위해 박수를 칠 수 있게 할 수 있는 것들이 뭐가 있는가?

진정한 자기계발

진정한 자기계발이란 자신을 아는 것으로 생각한다.
어떤 헤어스타일이 어울리는지,
어떤 색상이 잘 어울리는지,
어떤 음악적 정서가 맞는지,
어떤 공간이 적합한지,
나에게 아름다움이란 뭔지,
나는 어떤 관점으로 사물을 보는지,
나다운 생각이 뭔지,
그렇게 나에 대해서 알아갈 때, 나는 나다워지게 된다.
나다워진다는 것은 나다운 선택을 한다는 걸 의미한다.
인생은 선택의 연속이다.
나는 나로써 차별화된 선택을 하게 되고,
그 선택이 우리의 인생을 성공적으로 이끌어 나가는 것이 아닐까?
예를 들어, 면접관 앞에서 말을 더듬거리더라도
남들이 할 수 없는 생각을 구사한다면
그 사람은 차별화되는 것이다.
자기만의 특별한 것을 보여줄 수 있는 사람이기 때문이니까.

차별화란 나만이 가진 것이다.

나에 대해서
알아갈 때,

나는 나다워지게 된다.

라면 먹는 여자

남자는 여자에게 물었다.
"저녁은 뭐로 드실래요?"
여자는 대답했다.
"라면이 먹고 싶어요."
그럼 남자는 가격이 싼 라면을 먹어서 좋아할까?
만약 그렇게 생각한다면 지극히 단순한 발상이 아닐 수 없다.
남자가 점심때 빵이나 다른 면 종류를 먹었을 수도 있다.
그리고 한국 남자들은 저녁은 든든하게 밥을 먹고 싶어 하는 경향이 크다.
따라서 여자는 "혹시 점심때 뭐 드셨어요?"라고 먼저 물어본 다음
라면을 제안하는 것이 옳다고 볼 수 있다.
싼 걸 먹는다고 해서 무조건 남자가 호의적으로 대하지는 않는다.
가격보다는 사람을 먼저 배려하는 여자가 되어야 한다.

남자에게 분식은 간식이다.

나는 진짜 멋진 여자일까?

거울 앞에 서서 흡족한 미소를 짓고 있는 당신,
이 정도면 완벽하다고 자신하는 당신,
과연 당신은 진짜 멋진 여자일까?

- 단지 외모만 가꾸고 있는 것은 아닌가?
- 생각하지 않고 말하는 것은 아닌가?
- 그 친구가 보이지 않는 곳에서 그 친구를 욕하고 있는 것은 아닌가?
- 자기만의 스타일이 없이 유행만 좇고 있는 것은 아닌가?
- 책은 읽지 않고 TV만 보고 있는 것은 아닌가?
- 버스나 지하철로 이동할 때 휴대폰 게임만 하고 있는 것은 아닌가?
- 먹고 운동은 하는가?
- 가방과 구두는 많지만, 자신감이 없는 것은 아닌가?
- 얼굴의 주름만큼 매력도 늘어났는가?
- 자기 기준 없이 왕자만 찾고 있는 것은 아닌가?
- 자신의 감정을 표현할 줄 아는가?
- 부모님의 생신일을 알고 있는가?
- 혼자 있는 시간을 즐길 줄 아는가?
- 어제보다 오늘 더 괜찮은 내가 되기 위해서 노력하는가?
- 돈으로 살 수 없는 것을 갖고 있는가?

세상은 다 필요 없다고 말한다.
오직 예쁘고, 돈만 많으면 된다고 알려줄 뿐이다.
그래서 자신조차 잊게 한다.
내가 얼마나 괜찮은 여자인지를.

악보 없이도 나를 연주할 수 있어야 한다.

완벽한 여자

‘저 여자 괜찮은 것 같다.’
완벽하진 않지만, 결정적인 감정이다.
남자는 완벽한 감정으로 결혼을 결정하지 않는다.

부족해도 결정적인 뭔가가 있는 여자가 되어야 한다.

남자의 차를 타면 그 남자가 보여

남자의 차는 그 남자만의 공간이다.

인간은 자신의 공간에서는 습관적으로 행동한다.

그래서 남자의 차를 보면 그 남자를 알 수 있다.

- 중고차라고 해서 실내가 더러운 것은 아니다.
  그는 깔끔하지 못한 성격일 가능성이 높다.
- 왼쪽 팔을 차창 밖으로 걸치는 남자는 건들거리는 성격일 수 있다.
- 취향이 분명한 남자는 최신곡만 듣지 않는다.
  자기가 좋아하는 플레이리스트를 가지고 있다.
- 고집이 센 남자는 여자가 올바른 방향을 일러줘도 무시한다.
- 단순한 남자는 자신의 가치와 차량을 동일시한다.
- 운전하면서 백미러를 자주 보는 남자는 예민할 수 있다.
- 여자를 배려하는 남자는 창문을 열기 전에 먼저 여자에게 양해를 구한다.
- 자기 물건을 소중히 다루는 남자는 불법 주차를 하지 않는다.
- 차 뒷좌석에 뭐가 있는지 잘 살펴봐라. 그를 알 수 있는 힌트들이 많다.
- 차량 연식은 오래되었는데, 주행 거리가 얼마 되지 않았다면
  차를 유지할 능력이 없을지도 모른다.
- 실내에 LED 등이 화려하다면 차분하지 못하고
  마음이 붕 떠 있는 남자일 가능성이 높다.

그의 차를 보고 웃을 수 있는가가 아니라

그의 차에 타서 웃을 수 있는가가 중요하다.

차는 바꾸면 된다.

반짝반짝 빛나는

다이아몬드 원석도 그 사실을 알아볼 수 있어야
반짝이는 보석으로 재탄생하는 것이다.
자신의 가치를 인정해주는 남자를 만날 때
반짝반짝 빛나며 자신의 본연을 발휘할 수 있다.

남자를 은행으로 보면 여자는 돈이 되고 만다.

Chapter 3
예뻐도 정중히 거절할게

예뻐도 정중히 거절할게

첫 만남에서 해서는 안 될 말

기분 나쁜 여자가 있다.
바로 첫 만남에서 다음과 같은 말을 하는 여자다.

- 개그맨 닮았어요. - 남자는 의외로 소심해서 금방 위축된다.
- 아는 오빠 닮았어요. - 남자의 입장에서는 평범하다는 뜻으로 해석된다.
- 저는 한국에 살기 싫어요. - 뭐라고 말해야 할지 난감해진다.
- 저는 외국 남자가 좋아요. - 한국 남자들의 반감이 거세지고 있다.
- 예전 남자 친구는…. - 자신을 무시하는 처사라고 생각한다.
- 아! 이거 명품인데. - 유지비가 많이 드는 여자라고 판단한다.
- 성형하고 싶어요. - 자신의 안목을 의심하게 된다.

입만 열면 저렴한 여자들의 공통점은 생각 없이 말한다는 것이다.
말하기 전에 한 번만 더 생각하자.

**첫 만남에서 스스로 자신의 단점을 늘어놓는 것만큼
어리석은 여자는 없다.**

진짜 못생겼다 못생겼어

여자와 함께 사진을 찍을 때 은근히 약 오를 때가 있다.

- 찍는다는 말 없이 찍고 나서 그 사진을 보고 웃을 때.
- 잘 못 나온 사진을 저장할 때.
- "아 진짜 못생겼다, 못생겼어." 하며 비웃을 때.
- 혼자 셀카 삼매경에 빠져 있을 때.
- 자기만 뽀샤시하게 앱으로 보정할 때.
- 배경 사진만 찍고 나랑 함께 사진은 안 찍을 때.
- 배고파 죽겠는데 사진 찍을 때까지 건드리지 못하게 할 때.
- 늘 자기만 얼굴 작게 나오려고 뒤로 갈 때.
- 함께 찍은 사진을 혼자만 저장할 때.
- 함께 찍은 사진을 인스타그램에 올리지 않을 때.

그녀가 나를 찍은 사진을 보면 그녀의 마음을 알 수 있다.
사랑하면 사랑하는 관점으로 상대방을 찍기 때문이니까.

사진을 찍을 상황이 많을수록 그가 당신을 사랑한다는 증거다.

어학연수 가는 여자

어학연수를 갈 때는
그와 헤어질지도 모른다는 가망성을 캐리어에 넣고 떠난다.
그가 아닌 어학연수를 선택했기 때문이다.

진정한 사랑은 어떤 상황에서도 상황을 핑계 대지 않는다.

결혼? 못 한 것이 아니라 안 한 거야

노처녀에게는 눈을 조금만 낮추라고 말한다.
사람들은 눈이 높아서 지금까지 시집을 못 갔다고 생각하기 때문이다.
하지만 그건 눈이 높고 낮고의 문제가 아니다.
내가 중요시하는 상대방의 가치가 있고 없고의 문제일 뿐이다.
그의 조건 때문이 아니라 그의 취향 때문에 그를 거절할 수도 있다.
그의 외모 때문이 아니라 그의 말투 때문에 그를 거절할 수도 있다.
나는 취향과 말투를 중요시하는 사람이기 때문이다.
물론 단순히 눈만 높은 여자들도 있다.
그런 여자들은 자신의 기준이 없기 때문에 세상의 기준으로 남자를 평가한다.
그런 여자들은 스스로 중요시하는 가치를 찾을 필요가 있다.
그래야 자신과 어울리는 남자를 선택할 수 있기 때문이다.
눈이 높다는 말은 틀렸다.
눈이 높은 것이 아니라 자기 기준이 없었던 것이니까.

나만의 기준을 가지고 상대방을 바라보자.

언제부터 사귈래요?

나는 알고 나서 사귀는 것이 아니라 사귀고 나서 알아간다고 생각한다.
물론 이 사람에 대해서 전혀 모르는 상태에서 쉽게 사귈 수는 없다.
하지만 그렇다고 해서 최소 한 달은 만나봐야 한다는 원칙 같은 것을 정해 두진 않는다.
꼭 알고 나서 사귀어야 오래가는 것은 아니었다.
어떤 여자는 처음 만난 날 바로 사귀기도 했지만 오래 사귀었고,
또 어떤 여자는 오래 지켜본 후 사귀었지만 빨리 헤어지게 되었다.
믿음은 어떤 식으로든 배신한다.
몰라서 믿어주면 실망시켜서
알아서 믿어주면 거짓이라서.
믿음은 믿는 것이 아니라 지켜나가는 것이다.
만약 그를 지치게 하면서까지 그의 진심을 시험해보는 중이라면 이기적이다.
이제는 그의 손을 잡아 줄 때일지도 모른다.

마지막이라고 생각하고 고백했을지도 모른다.

믿음은
믿는 것이 아니라
지켜나가는 것이다.
연애 ♥ 방법

남자 친구에게 "야!"

욱하는 성격은 여자도 남자 못지않다.
근데 욱하더라도 말을 함부로 해서는 안 된다.
다짜고짜 "야!"로 시작해서 이어지는 상처 줄 수 있는 말들.
이때 같이 쏘아붙이는 남자도 있지만, 대개는 침묵한다.
그럼 여자는 더 화가 나서 더 심한 말로 남자를 코너로 몬다.
미안하다고 사과해도 자기 분에 못 이겨 물건까지 집어 던진다.
그리고 집으로 돌아가서는 휴대폰을 꺼버리거나 연락을 무시한다.
평소에는 안 그런데 욱하면 감당하기 벅차다.
남자는 여자를 달래주고 달래주다 결국은 지친다.
그동안 당했던 울분을 한꺼번에 토해내며 그녀를 떠난다.
그녀는 울며 후회하면서도 쉽게 고치지 못한다.
새로운 사랑을 만났지만, 오히려 더 심하게 욱한다.

남자는 여자의 말로 받은 상처에 쉽게 치유되지 않는다.
그리고 약도 없다.

저 빨리 결혼하고 싶어요

그녀와 세 번째 만남이었다.
나는 그녀에게 호감이 있었고, 사귀고 싶었다.
그런데 그녀가 말했다.
"전 결혼해야 하니까, 결혼할 생각이 없다면 사귈 수 없어요.
연애만 하는 건 싫어요."
이런 말을 들으면 연애보다 결혼이 진지하게 느껴진다.
그렇다면 연애는 가벼운 걸까?
결혼할 마음으로 사귄다는 건 뭘까?
나는 연애를 해야 사랑이 깊어지고,
사랑이 깊어질 때 결혼할 각오가 선다고 생각한다.
결혼할 감정을 약속한다는 것은 무의미하다.
감정은 결코 약속할 수 없는 것이기 때문이다.
난 그런 약속을 할 수 없었고, 그녀는 결혼할 남자를 찾아 떠났다.
그리고 6개월 후 지인을 통해 그녀가 결혼한다는 소식을 들었다.
그녀는 전략적으로 결혼에 성공했다.
그런데 1년 후 그녀는 이혼했다고 한다.
결혼할 생각으로 사귀었지만, 결과는 이혼이었다.
역시 감정은 약속할 수 없었던 것이다.

결혼은 사랑의 목적이 아니라 사랑의 결과다.

여자의 하품에서 파생되는 효과

첫 만남에서는 상대의 관심 여부에 집중한다.
그래서 남자도 꼼꼼하게 여자의 표정을 살핀다.
이때의 하품은 치명적이다.
입을 가리지 않고 대놓고 하게 되면 남자는 이렇게 생각한다.
'나랑 함께 있는 게 지겨운가.'
'내가 맘에 들지 않아서 그런가.'
'내 앞에서는 막 행동해도 된다는 건가.'
'비싼 저녁을 먹여 놨더니 잠이 오는 건가.'
'벌써 집에 가고 싶은 건가.'
하품 한 번 하는 것뿐인데 정말 그렇게 생각할까에 대해 의심스럽겠지만,
남자는 그렇다.
생리적인 현상이라도 처음에는 조심해야 한다.
여자 앞에서 자신감이 없는 한국 남자들은
관심 없는 태도에 더 적극적으로 반응하기 때문이다.
자칫 오해를 풀 기회조차 주지 않을지도 모른다.

남자는 여자가 자신에게 관심이 있으면 조심스럽다고 생각한다.

그러니까 답답한 여자지

평소 대화를 즐기는 나는 그녀와의 대화도 기대했다.

나: 취미가?

그녀: 영화감상요.

나: 어떤 영화를 즐겨 보세요?

그녀: 이것저것.

나: …

나도 취미가 영화감상이었다.

그녀와 취미가 같은데도 할 말은 별로 없었다.

나는 또 어떤 질문을 던져야 할까?

질문에 대한 답이 아니라 의견을 듣고 싶은데.

예를 들어 의견이라 함은 다음과 같은 말이다.

"제 취미는 영화감상이에요. 최근에 어떤 영화를 봤는데 이러저러한 느낌이었어요. 가장 감명 깊게 본 영화는 어떤 영화였어요. 혹시 그 영화 아세요? 어떤 영화를 좋아하세요?"

그럼 나도 내 생각을 말하며, 우리는 시간 가는 줄 모르게 대화할 텐데.

하지만 대화를 끝마칠 때까지 그녀의 말에 답은 있었지만, 의견은 없었다.

의견은 그 사람의 느낌이다.

그녀는 아무런 느낌이 없는 사람이었다.

아무런 의견도 없었으니까.

서로의 느낌을 주고받을 때 우리는 서로를 느낄 수 있다.

내가 언제부터 네 오빠니?

우리는 초면인데 그녀는 나를 놀리고, 짓궂은 장난을 쳤다.
바로 오빠 오빠를 연발했고 나보고도 편하게 하라고 했다.
내가 당황해하자 그녀가 말했다.
"이렇게 해야 빨리 친해지죠."
빨리 친해지는 것만이 능사는 아니다.
적당한 거리감 속에서 상대를 바로 볼 수 있다.
서두른 친밀함 때문에 첫 만남 특유의 느낌이 사라진다.
남자는 첫 만남에서 좀 더 설레고 싶다.
근데 그녀는 그런 환상을 여지없이 깨버리고 말았다.
"오빠, 오빠."
그녀의 단기간 속성 오빠 만들기 기술은 단연 으뜸이다.
아니 내가 남자로 생각이 들지 않는 걸까?

여자가 남자에게 먼저 다가와서가 아니라,
너무 급하게 다가와서 문제다.

혹시 언제 시간 되세요?

남자: 혹시 언제 시간 되세요?

여자: 다음 주에요.

다음 주가 되었다.

남자: 이번 주 언제 괜찮으세요?

여자: 내일이나 모레요.

남자: 그럼 금요일 어때요?

여자: 네.

남자: 그럼 몇 시에 볼까요?

여자: 저녁 6시 정도요.

남자: 그럼 6시에 강남역 괜찮아요?

여자: 네.

한 번 만나기 참 피곤하다.

도대체 약속 한 번 잡기 위해서 몇 번을 물어봐야 하는지.

그냥 처음부터

"전 다음 주 금요일 저녁 6시 정도면 괜찮아요."라고 말하면 그녀에게 가는 길이 훨씬 수월할 텐데.

당신에게 가는 길은 비포장도로인가요?

만나기도 전에 남자를 지치게 하는 여자가 있다.

할 일 다 하면서
운명을 바라지 마라.

인연은 체계적으로
만들어지지 않는다.

월요일에는 영어, 화요일에는 요가, 수요일에는 피부 관리…

남자: 우리 주중에 봐요.

여자: 평일에는 안 돼요.

남자: 왜요? 바쁘세요?

여자: 네. 영어도 배워야 하고, 요가도 가야 하고, 피부 관리도 받아야 해요.

남자: …

그럼 그 남자는 영어보다, 요가보다, 피부 관리보다 못한 존재가 되고 만다.
아니지만 남자는 그렇게 생각하고 만다.
만약 그 남자가 마음에 든다면 시간이 날 때 만나지 말고, 시간을 내서 만나야 한다.
만남이 자꾸 미뤄지면 관계도 흐지부지되고 만다.
할 일 다 하면서 운명을 바라지 마라.
인연은 체계적으로 만들어지지 않는다.

전력 질주하지 않는 사람에게 사랑은 날개를 허용하지 않는다.

머리 나쁜 여자는 남자를 부려 먹더라

내가 먼저 약속 장소인 카페에 도착했다.
나는 2층에서 그녀를 기다리고 있었다.
카톡으로 그녀에게 2층에 있다고 말했다.
약속 시각이 다 되었을 때 그녀에게 전화가 왔다.
"저 방금 도착했어요. 2층에 있죠? 커피는 뭐로?"
"아… 전 아메리카노요."
그녀는 아메리카노와 카페라테를 주문해서 들고 올라왔다.
그녀는 똑똑하다는 생각이 들었다.
왜냐하면 대개는 2층으로 그냥 올라와서 남자를
다시 1층으로 내려보내기 때문이다.
이론상 1층에 있는 사람이 2층으로 오면 되는데,
1층에 있는 사람이 2층으로 올라와서
다시 2층에 있는 사람을 1층으로 내려보낸다.
그리고 1층으로 내려간 사람은 다시 2층으로 올라와야 한다.
다들 머리가 나빠서 그런 걸까?

여자라서 특별한 사람이 될 기회를 차버린다.

연상의 실수

그녀는 나보다 연상이었지만, 나이가 많은 건 괜찮았다.
근데 그녀는 시선을 분산시키기 위해서 붉은색 립스틱만 발랐다.
옷은 대조적인 색상과 꽃무늬들로 화려했다.
커다란 귀걸이와 진한 향수가 어지러웠다.
항상 나보다 돈을 더 많이 쓰려고 했다.
안티에이징, 성형 상담을 내게 했다.
젊었을 때의 영광을 늘어놓는다.
그냥 그대로 자신의 모습을 보여줬더라면 충분했을 텐데.
자신을 감출수록, 인정하지 않을수록 어색하고 거추장스러웠다.
그녀의 태도 때문에 나는 그녀를 만날 때마다 느껴야 했다.
내가 지금 나이 많은 여자와 함께 있구나!

자연스럽지 못할 때 여자는 늙어 보이기 시작한다.

억지 밀당 기술

다음 기술은 밀고 당기기가 아니라 분노를 유발하는 고통이다.

- 무조건 튕기기
- 언니들이 시키는 밀고 당기기 따라 하기
- 일부러 전화 안 받기
- 문자 확인하고 답장 안 하기
- 남자들이 쫓아다닌다고 거짓말하기
- 약속 시각에 일부러 늦게 도착하기
- 갑자기 스킨십 거부하기
- 바쁜 척하면서 친구 만나기
- 별일도 아닌 일로 화내기
- 자기가 하고 싶은 것만 고르기

밀고 당기기는 없다.
스스로 괜찮은 여자가 되기 위해서 노력할 때,
오늘보다 내일 더 가치 있는 여자가 될 때
그 존재 자체가 바로 밀고 당기기 기술이 되는 것이다.

밀고 당기기 전제: 그럴 만한 여자가 튕겨야 한다. 그 외는 무효다.

영화는 어땠어요?

영화관에서 엔딩 자막이 올라가면 이상한 기운이 감돈다.
그 특유의 서먹함이 있다.
좌석에서 일어서서 출구로 나가기까지 어색한 침묵.
이때 대개 남자가 먼저 말을 건다.
"영화는 어땠어요?"
"괜찮았어요."
다시 서먹해지면서 일단 화장실로 긴급히 대피하게 된다.
만약 여자가 먼저,
"영화 너무 잘 봤어요. 영화는 어떠셨나요?"라고 말하면 한결 서먹함이 사라진다.
그럼 남자는 '이 여자와 내가 잘 맞구나.'라고 생각하게 될지도 모른다.
의외로 서먹할 때 남자는 여자의 눈치부터 살핀다.
이때 여자가 먼저 손을 내밀면 남자는 마치 기다렸다는 듯이 그 손을 잡게 된다.
앞으로 서먹할 때를 노리는 여자가 되자.
금방 그를 이끌 수 있을 테니까.

영화관에서 일어설 때, 이때 처음으로 그의 팔짱을 낄 수 있는 좋은 타이밍이다.

친해지기 위한 잘못된 순서

순서가 잘못되었다.
친해지고 나서 만나는 것이 아니라
만나고 나서 친해지는 것이다.
만나기 전에 친해질 수는 없다.
서로가 눈빛을 교환하고, 표정을 읽고, 태도를 보면서 친해진다.
그런데 아직 친해지지 않아서 만날 수 없다고 하는 여자들이 많다.
서먹서먹한 가운데 시간만 끌게 되면 만남의 적극성만 반감된다.
물론 낯선 사람이라면 조심해야겠지만, 알 만한 사람이라면
만나서 친해지도록 하자.
만나야 일이 진행된다.

만나기 전에 친해지려다
친해질 기회를 영영 잃어버리는 여자들이 많다.

친구들이 오빠 부자 같다는데?

아직 친해지지 않은 상황에서
그에 관한 친구들의 부정적인 평가는 말하지 마라.
"외모는 보통인데 돈은 좀 있어 보인데요."
"좀 아저씨 같아 보인데요."
"스타일이 촌스럽데요."
왜냐하면 친구들과 당신을 같은 부류로 취급할 수 있기 때문이다.
'그녀도 뻔하겠지.'
따라서 친구들의 생각은 생각으로만 머물러 있어야 한다.

자신이 잘나 보이기 위해서 남자를 비하하지 마라.
남자는 자신을 치켜세워 주는 여자를 잘났다고 생각하니까.

우리 서로 생각할 시간을 갖자

만약 그와 관계를 유지하고 싶다면 관계를 시간에 맡겨서는 안 된다.
서로 생각할 시간을 가질 때,
그리우면 다행이지만 괜찮으면 문제가 된다.
이렇게 떨어져 있어도 괜찮잖아.
그럼 그 평온함이 사랑하지 않는 증거가 되고 만다.
서로 생각할 시간 동안 사랑하는 증거보다
사랑하지 않는 증거에 더 집중하게 되고,
결국 아무런 노력조차 못 해보고 끝나게 될지도 모른다.
공백기는 연인 사이의 도박이나 다름없다.
도박을 하기보다 내 힘으로 최선을 다해보는 수밖에.

사랑을 시작하기 전과 이별하기 전에
다들 시간이 필요하다고 한다.

나랑 결혼할 마음이 없는 것 같아

만약 그가 당신과 결혼할 마음이 있다면 구체적인 계획이 있어야 한다.
그럴 땐 숨김없이 현실적으로 된다.
"자기야 내가 지금 모아둔 돈이 얼마 있는데…."
"다음 주에 우리 부모님 한 번 뵙도록 하자."
"일단 전세부터 시작해야 할 것 같아."
반면 결혼할 마음이 없으면 추상적인 계획을 늘어놓게 된다.
"자리 잡으면 그때 결혼하자."
"내년에는 확실해."
"당연히 너랑 결혼해야지."
그러다 혼기를 놓치고 그의 무책임함에 한탄하고 만다.
만약 남자가 구체적이지 않다면 여자가 구체적으로 나와야 한다.
결혼은 구체적일 때만 진행된다.
아니면 뜬구름에 불과하다.

여자는 결혼이라는 미끼에 걸려들어서는 안 된다.

저렇게 괜찮은 남자가 왜 나를 좋아하지?

남자가 여자에게 관심을 표현하자 여자는 의문에 빠졌다.
'왜 나를 좋아하지?'
자신에 대한 확신이 없어서 남자의 사랑을 불신하게 되는 것이다.
반대로 나는 여자를 만날 때 '나를 반드시 좋아하게 될 거야.'라는 확신을 가진다.
그럼 만남의 매 순간 나의 장점을 보여줄 수 있게 된다.
좋아하는 감정이 보다 '자신감' 있는 태도에 의존하게 될 때 사랑도 확신을 하게 된다.
사랑에 자신감이 필요한 이유는 나만의 태도를 보이기 위해서다.
상대의 감정에 의존하게 되면 온전한 나는 사라지게 된다.
무조건 상대에게 맞추려고만 한다.
그럼 상대는 나를 통해 새로운 세상이 아닌
도망치고 싶은 자신의 일상을 보게 된다.
그녀를 만나도 자신의 범위를 벗어나지 못하기 때문이다.
분명 당신은 자신만의 훌륭한 장점이 있다.
스스로 그게 뭔지 알았을 때,
그 장점을 활용하고, 사랑에 대한 확신을 가지게 된다.
'당연히 나를 좋아할 수밖에 없지.'로 바뀌게 되는 것이다.

자신을 인정하지 못하는 여자는 사랑도 부정할 수밖에 없다.

당신은 자신만의
훌륭한 장점이 있다.

SKY 나오셨어요?

자신의 분야에서 성공을 꿈꾸는 남자가 있었다.
그는 열정적으로 달려왔고, 남들의 인정도 받았다.
거기에 대한 자부심도 당연히 남달랐다.
그래서 그는 자신의 학력을 잊고 있었다.
하지만 소개팅에서 만난 여자는 달랐다.
호구조사 시작부터 출신 학교를 물었다.
단순히 학교가 궁금해서,
할 말이 없어서,
별생각 없이 했던 질문이었을 것이다.
하지만 그는 그렇게 받아들이지 않았다.
'지금 나의 일보다 출신학교를 더 중요하게 생각하는 여자구나.'
그는 처음과 달리 호의적인 태도를 감추기 시작했다.
갑자기 대화의 분위기는 무거워지고 말았다.
남자의 열등감이 아니라 특별한 여자를 만나고 싶은 기대가 어긋난 실망감이었다.
바로 자신의 가치를 인정해줄 수 있는 여자.
남자에게 있어서 특별한 여자란 바로 그런 여자이니까.

남자는 이상이 다른 여자와는 헤어질 수밖에 없다.

스마트폰 게임 하는 여자

이제 다 와 간다.
저 언덕만 넘으면 기쁨의 하얀 꽃길이다.
나는 그 풍경을 그녀에게 보여주고 싶었다.
드디어 다 왔다.
"자기야! 앞을 봐봐!"
근데 그녀는 고개를 숙인 채 말한다.
"잠시만, 좀만 기다려."
차를 세울 수 없어 그냥 지나쳐 버리고 말았다.
그녀는 스마트폰으로 게임을 하고 있었다.
결정적인 순간을 그렇게 지나친 것이다.

잠깐의 기다림을 참지 못하면 순간의 아름다움을 놓친다.

말 없는 소개팅

소개팅에서 말이 없는 태도는 여자의 미덕이 아니다.
남자가 마음에 든다면 말을 해야 한다. 그래야 친해진다.
만약 말이 없으면 남자는 오해하게 된다.

'내가 맘에 안 들어서 할 말이 없는 걸까?'
'괜히 내숭 떨고 앉아 있는 걸까?'

조심스러워야 할 것은 말이 아니라 생각이다.
생각 없는 말만 조심하면 된다.
자신에 관한 얘기도 좋고, 상대방에 관한 얘기도 좋다.
서로가 수월하게 생각할 이야기 주제라면 상관없다.

"여기 음악 괜찮죠?"
"그 영화를 봤는데 느낌이 참 괜찮았어요."
"어렸을 때 인기 많았겠어요?"
"피아노를 배우고 싶었는데 시기를 놓쳤어요."

말은 시작이 중요해서, 하다 보면 이리저리 확장된다.
그 가운데 상대방도 해야 할 말을 찾고, 나 역시 말할 주제를 찾게 된다.
하지만 아무 말도 하지 않고 있으면 대화가 이어질 수 없다.
나와 함께하는 시간도 지겨워진다.
가만히 있어서 소개팅에 실패하고 말았던 것이다.

첫 만남에서 말이 통하지 않으면 할 게 없다. 집에 가는 수밖에.

능력 있는 남자를 만날 때까지

능력의 한계는 끝이 없다.

능력 있는 남자를 만날 때까지는 미정이다.

아무리 돈이 많아도 내가 부족하다면 부족한 사람이기 때문이다.

영원한 보류,

사랑을 회피하기 위한 자기합리화.

스스로 자신이 없어서

능력 있는 남자를 만날 때까지라고 하는 것은 아닌가?

언제는 조건이 충족되어서 사랑에 빠졌던가?

스킨십을 거절할 때

스킨십을 거절할 수는 있다.
하지만 남자에게 죄책감을 심어줘서는 안 된다.
연애는 스킨십을 할 수 있는 가망성이 있는 관계다.
스킨십 자체를 도덕적인 잣대로 판단해서는 안 된다.
아직 시기가 아닐 뿐 남자가 죄를 짓고 있는 것은 아니기 때문이다.
따라서 스킨십을 거절할 때는 다음과 같은 말은 피해야 한다.
"너도 다른 남자들과 똑같구나."
"자꾸 이러면 너 안 본다."
"이런 짓 하려고 나 만나는 거니?"
"난 누가 내 몸에 터치하는 것 딱 질색이야."
이렇게 말하기보다 다음과 같이 말해보자.
"아직 네 마음을 잘 모르겠어."
"여기 너무 갑갑해서 머리 아파. 나, 나가고 싶어."
"아직 보름달이 안 떴잖아."
사실 가장 이상적인 거절 방법은 스킨십을 할 수 있는 상황을 만들지 않는 것이다.
어두운 곳에 들어가기 전에 거절해야 남자는 쉽게 체념한다.

만약 그가 스킨십으로 사랑을 흥정한다면 그 사랑은 거절해야 한다.

왜 아직 남자 친구가 없을까요?

나는 강연을 마친 후 되도록 질문을 받지 않는다.
사실대로 말할 수 없기 때문이다.
내가 사실대로 말하면 질문자는 사람들 앞에서 상처를 받을지도 모른다.
"질문부터 조리 있게 하세요. 책 안 읽으시죠?"
"나이보다 훨씬 늙어 보이는 헤어스타일이세요."
"꼭 레깅스를 입으셔야 했나요?"
"자신이 뭘 좋아하는지조차 모르시잖아요?"
"무슨 스팽글이 그렇게 많아요? 옷이 아니라 갑옷이네요."
"빵과 면을 좋아하시죠? 탄수화물 체형이세요."
어떻게 내가 공개적으로 이런 조언을 해줄 수 있겠는가!
근데 질문하는 여자들은 남자 탓만 하고 있다.
자신은 잘하고 있는데 남자가 못한다고 생각한다.
언제나 결론은 남자들은 믿지 못할 동물이다.

연애가 어려운 이유는 자신을 바로 보지 않아서이다.

함부로 그의 친구에게 소개팅을 해주지 마라

주변에 괜찮은 여자가 없으면 아예 2:2로 만나지 마라.
어차피 절대로 나보다 예쁜 친구는 데려가지 않으면서 기대감만 키우지 마라.
"내 친구 진짜 예쁘고 괜찮아."
이런 말을 해놓고 일이 벌어졌을 때 남자들끼리의 대화를 한 번 들어보자.

남자 1: 아! 정말 미안해. 나도 속았어.
남자 2: 내 이럴 줄 알았다!
여자는 절대 자기보다 예쁜 친구는 데려오지 않는다는 말은 진실이었어.
남자 1: 뭐라고 할 말이 없네. 저 정도일 줄은 나도 몰랐다.
그래도 나를 봐서 한 번 봐주라. 내가 담에 진짜 괜찮은 애로 소개해 줄게.
남자 2: 근데 네 여자 친구는 나를 도대체 어떻게 보고. 괜히 열 받네.
남자 1: 미안. 저녁은 내가 살게. 넌 이제 돈 쓰지 마.
남자 2: 알았어.

괜히 남자 친구에게 부담만 안겨주는 꼴이 되고 말았다.
그뿐만 아니라 그날의 에피소드는 두고두고 자신을 곤란하게 만들지도 모른다.

남자 1: 그 애랑 요즘 사이가 별로 안 좋아.
남자 2: 그때 이상한 친구 데려온 개? 빨리 헤어져. 내가 보기에도 별로였어.

남자 친구의 친구는 무조건 남자 친구 편이다.

곧 헤어지게 될 여자의 행동

다음과 같은 태도는 헤어질 가능성이 높은 태도다.
따라서 특히 주의해야 하며,
헤어질 마음이 없다면 반드시 삼가야 한다.

남자 친구 몰래 클럽에 간다.
아무 말 없이 잠수탄다.
싸우고 나면 휴대폰을 꺼버린다.
남자 친구 부모님을 비난한다.
쥐도 새도 모르게 소개팅에 참석한다.
남자 친구에게 돈을 빌리려 한다.
감당할 수 없는 카드빚을 진다.
어장관리를 한다.
예전 남자 친구와 연락을 유지한다.
화가 날 때마다 헤어지자고 한다.
지친다, 끝이 보인다는 말을 자주 한다.

남녀 사이에도 매너가 필요하다. 지킬 건 지켜야 한다.

부디
최소한의 예의는
저버리지 말자.
연애♥방법

안 그래도 자존감 바닥이야

그와 처음 만나는 당신에게 분명히 말해두고 싶다.
만약 당신이 그 남자와 사귀어서 바꿔줄 능력이 없다면 지적하지 마라.
"너무 말랐어요."
"머리가 너무 길어요."
"오빠에겐 이 차보다 BMW가 더 잘 어울려요."
"비정규직이면 빨리 그만둬야 하는 게 아닌가?"
어차피 그가 맘에 안 드는 것을 알고 있다.
다리를 꼬고 편하게 앉아서 거드름 피우지 마라.
그가 남자로 생각 안 드니까 여자들끼리 하는 행동을 하고 있다.
지적질 놀이.
자신을 과시하기 위해서 남자를 위하는 척 지적하는 버릇은
빨리 고칠수록 유리하다.
그는 잘난 당신을 마음에 들어 하는 죄밖에 없는 사람이다.
부디 최소한의 예의는 저버리지 말자.
당신이 정말 잘난 여자라면 상대의 마음을 헤아려줄 줄 아는 여자다.
그런 여자는 결코 자신을 과시하기 위해 남에게 상처를 주지 않는다.

자신을 위해서 남을 지적한다.
사실은 그런 식으로 자신을 위안하는 것이다.

무작정 비싼 걸 주문하는 요령

남자는 그녀와 함께 바다가 보이는 레스토랑에 갔다.

남자: 주문은 뭐로 하실래요?
여자: 비싼 거로요.
남자: …

여자가 비싼 걸 주문할 때는 이유가 충분해야 한다.
남자의 마음을 떠보기 위해서 비싼 걸 시키면 단순한 여자다.
"바다가 보여서 그런지 해물 요리가 먹고 싶어요. 근데 가격이 좀 비싸네요."
즉 이렇게 나와야 한다는 것이다.
이유 없이 비싼 걸 시키면 분별력이 떨어지는,
단순히 비싼 것만 추구하는 허영심 많은 여자로 오인당하게 될지도 모른다.

가격으로 자신의 가치를 검증하지 마라.
질 떨어져 보인다.

곰 인형과 꽃 선물은 싫어?

곰 인형은 센스 없는 남자의 선물이다.
하지만 남자는 자신이 곁에 없을 때
그녀를 지켜주고 싶은 마음으로 곰 인형을 산다.
꽃은 유용하지도 않고 이내 시들어 버리고 만다.
하지만 남자가 꽃을 주기까지의 과정은 기특하다.
흔하지 않은 꽃집을 찾아 헤매고,
꽃에 대해 잘 몰라 이것저것 물어보고,
손에 들고 오기 부끄럽지만 감수하고,
수줍게 내밀기에 소중한 마음이다.
"이런 쓸데없는 걸 왜 샀어?"
혹시 당신은 선물 너머에 있는 그의 마음을 볼 수 없었던 것은 아닐까?

진짜 사랑하기 때문에 선물이 유치해질 수 있다.

남자에게 선물을 받고 나서

그녀에게 옷을 선물했다.

그다음 만날 때 그녀는 내가 산 옷을 입고 나오지 않았다.

'마음에 들지 않았나?'

옷에 대한 그 어떤 언급도 없었다.

'취향과 전혀 다른 스타일인가?'

그리고 선물을 한 내가 후회되기 시작했다.

'괜히 옷을 선물한 건가?'

당신이 남자의 선물을 받고 아무런 반응이 없다면

남자는 선물을 한 자신을 후회하게 될지도 모른다.

여자는 받기만 잘하면 되는데,
잘 받지도 못하는 여자들이 수두룩하다.

사랑에 실패할 만한 여자

헤어지고 나서 남자를 탓하지 말고, 자신에게 진지하게 질문해보자.
그래야 다음 사랑에 실패하지 않는다.

1. 그의 사랑에만 의존했던 것은 아닌가?
2. 그의 행복 안에서 자신의 행복을 찾았던 것은 아닌가?
3. 그와 사귀고 나서부터 얼마나 더 괜찮은 여자가 되었는가?
4. 그가 무엇을 좋아하고, 무엇을 싫어하는지 제대로 알고 있는가?
5. 그를 항상 역부족인 남자로 내몰았던 것은 아닌가?
6. 자신의 할 일을 제대로 하면서 그를 기다렸는가?
7. 그에게 자신의 종교를 강요한 것은 아닌가?
8. 매번 다른 남자와 그를 비교한 것은 아닌가?
9. 애정의 증거를 확보하려고 그를 괴롭혔던 것은 아닌가?
10. 돈이면 다 된다는 병적인 연애관을 가진 것은 아닌가?

어쩌면 그 남자 때문이 아니라 자기 자신 때문에 사랑에 실패했는지도 모른다.

남자는 헤어질 때 자신의 잘못을 탓한다.
근데 이게 여자에게 더욱 치명적이다.

쿨한 남자의 성격에 속았다

그가 성격이 좋은 남자라서
그에게 투정을 부렸고,
그에게 심한 말을 했고,
그에게 화를 냈다.
하지만 아무리 성격이 좋아도 사람은 상처를 받는다.
성격이 좋아서 상처를 숨겼을 뿐이다.
그래서 남자 친구의 성격이 좋아서 마음대로 했다가 차이는 여자들이 많다.
누구나 가슴 아픈 말을 들으면 가슴이 아프다.
감정에 있어서 그 남자만 예외는 없다.

오히려 쿨해 보이는 남자일수록 더 소심하다.
자신의 소심함을 감추기 위해서 쿨한 척했을 뿐이니까.

당연히 나한테 넘어오지

'그가 나를 싫어하면 어떡하지?'
이런 생각은 나 자신을 부정하게 만든다.
남자: 저는 쌀국수를 좋아해요.
여자: 저도 쌀국수를 좋아해요.
즉 자신은 쌀국수를 별로 좋아하지 않지만, 좋아한다고 말하게 된다.
만약 내가 쌀국수를 싫어한다고 하면
그가 나를 싫어하게 될지도 모른다는 두려움 때문이다.
하지만 반대로 '그는 나를 좋아하게 될 거야.'라고 생각하면
나는 나다운 모습을 보여줄 수 있게 된다.
남자: 저는 쌀국수를 좋아해요.
여자: 저는 쌀국수보다는 베트남 볶음밥을 더 좋아해요.
내가 나다운 모습을 보일 때 상대방은 비로소 내게 관심을 갖게 된다.
식상한 자신의 모습을 나를 통해 재확인하고 싶지 않기 때문이다.

처음에는 자신을 비추고, 나중에는 상대방을 비춰라.
이것이 바로 여자의 거울 사용법이다.

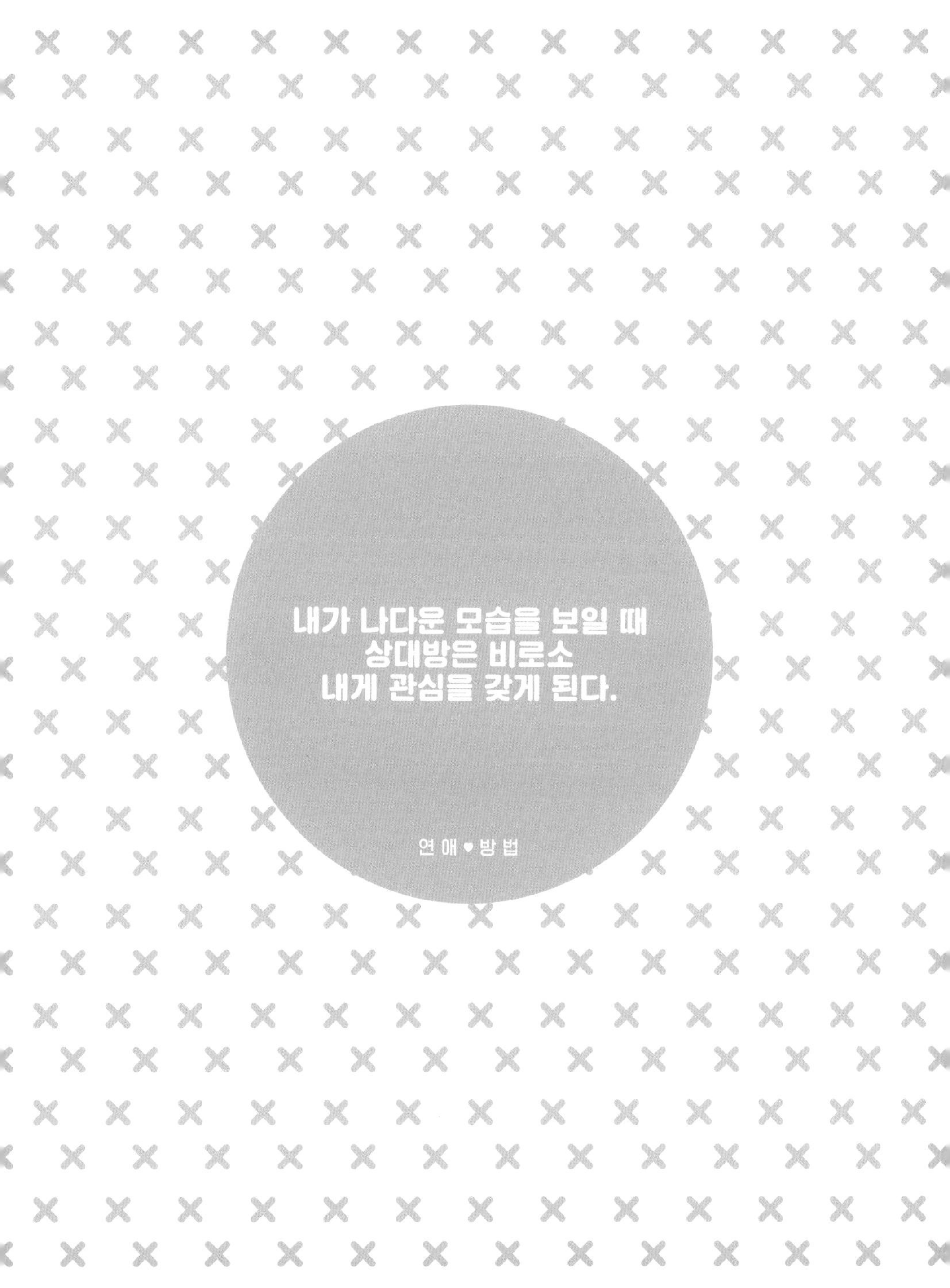
내가 나다운 모습을 보일 때
상대방은 비로소
내게 관심을 갖게 된다.
연애♥방법

오래 기다리기가 아니라 어떻게 기다리는 것

남자는 제대할 때까지 기다려 준 여자 친구를 배반하고 신입생과 바람을 피웠다.
그가 군대에 있을 때 여자 친구는 얼마나 잘해줬던가.
면회도 자주 가고,
수신자 부담으로 전화도 받고,
선물도 때마다 챙겨주고,
휴가나 외박 나올 때면 맛있는 것도 사주고,
일일이 나열하자면 눈물겹다.
하지만 그는 바람이 나고 말았다.
왜냐하면, 그녀는 기다림에만 충실했기 때문이다.
새내기의 풋풋함도 좋았지만,
그녀의 노련함이 아닌 둔감함이 싫었다.

여자는 남자만 돌보면서 기다리면 안 된다.
자기 자신을 돌보며 기다려야 후회가 없다.

옷 벗고 돌아다니지 마라

부끄러움을 완전히 잃어버린 여자는 매력 없다.
때때로 지나친 자기표현은 매력을 반감시킨다.
이제 다 아니까? 술을 마셨으니까? 내숭 따윈 필요 없으니까?
그렇다고 표정을 놓거나, 노골적으로 표현하거나, 마구 행동하지 마라.
상대방의 이해력에 따라 달리 해석될 여지가 크기 때문이다.
그리고 여자가 부끄러움을 잃어버리면
남자는 그것을 자신을 무시하는 처사라고 오해하게 될지도 모른다.
그가 나의 몸을 다 알아도 여자는 남자의 고개를 돌릴 줄 알아야 한다.

여자의 이미지는 이성이 아니라 상상력이 지배한다.

바람둥이 같아

남자는 그녀를 좋아했다.
그래서 그녀에게 최선을 다하고 싶었다.
하지만 돌아오는 대답은 난감했다.
“바람둥이 같아요.”
이런 말을 하는 여자는 다음 중 하나에 속한다.

1. 사랑을 많이 못 받아본 여자다.
2. 자신의 가치를 모른다.
3. 사랑을 할 때 의심과 집착이 심하다.
4. 감수성이 풍부하지 못하다.
5. 고리타분하다.

남다른 대우에서 바람둥이의 흔적을 찾지 마라.
상대방을 바람둥이라고 넘겨짚는 순간 자신 또한 바람을 피우다가
버릴 대상으로 전락한다.
그리고 바람둥이라고 추측하는 습관은 남자를 금방 질리게 하고 만다.

남자의 행동에서 욕망이 느껴진다면 바람둥이일지도 모른다.
하지만 남자의 행동에서 정이 느껴진다면
그건 진정한 사랑일 가능성이 높다.

다음 주 토요일 괜찮아

만약 그를 이번 주 토요일에 처음 만났다면
다음 주 주중 평일에 두 번째 만남을 가져야 한다.
아무래도 다음 주 토요일이 편하겠지만,
만남의 터울이 너무 길어지면
관계가 흐지부지될 가능성이 높기 때문이다.
그래서 남자들은 본능적으로 다음 주 평일을 선호한다.
일 때문에 다소 피곤하더라도 그가 정말 괜찮은 남자라면 시간을 내보도록 하자.

남자는 첫 만남에서 상대가 마음에 들면 빨리
두세 번째 만남을 가져 관계를 굳히려 한다.

제발 말 좀 막 던지지 마

그녀와의 첫 만남에서 나는 함박스테이크를 주문했다.
주문한 함박스테이크를 맛있게 먹고 있는데 그녀가 말했다.
"함박스테이크 좋아하게 생기셨어요."
뜬금없이 이게 무슨 말인가?
이 말은 자칫 비아냥거림으로 들릴 가망성이 높다.
아마 그녀가 이렇게 말한 의도는 내가 어린이 입맛이라는 거겠지.
그녀는 별생각 없이 한 말이지만, 나는 함박스테이크를 맛있게 먹을 수 없게 된다.
그녀에게 주려고 알맞은 크기로 썰고 있던 고기를 내 입에 넣고 만다.
말의 의도와는 전혀 상관없이 오해가 생기면 풀기 어렵다.
특히 첫 만남이라면 더더욱.
굳이 안 해도 될 말로 자신의 이미지를 실추시키는 여자들을 나는 무척 많이 봤다.
단순히 소개팅에서뿐만 아니라 중요한 일에서도 마찬가지였다.
사람에 따라 언어 해석 능력은 다르다.
어떤 남자는 무뎌서 무슨 말을 해도 웃고 있겠지만,
또 어떤 남자는 당신이 사용하고 있는 몇 마디 단어만으로도
이미 당신을 통찰했을지도 모른다.
이 여자는 내 수준 미달이라고.

우리는 자신도 모르게 말로써 누군가에게 매번 상처를 주며 살아간다.

Chapter 4

너 자신이 연애 방법이야

너 자신이 연애 방법이야

연애 잘하는 순서

1단계- 감정에 호소한다.
"좋아합니다." 뜬금없이 나타나 자신의 감정을 구걸한다.
(요즘은 자존심 때문에 1단계조차 건너뛰곤 한다.)
2단계- 모방한다.
다른 여자들을 모방한다. 유행하는 스타일, 말투 등을 따라 한다.
3단계- 자신만의 가치를 표현한다.
자신만의 특별한 가치로 상대방의 마음을 사로잡는다.

대개의 여자가 1단계와 2단계에 머물러 있다.
주로 짝사랑에 빠져 있는 여자들이 1단계다.
인기 있는 여자들을 모방하는 여자들이 2단계다.
1단계, 2단계 여자들은 비교할 수 있기 때문에 결국 오래가지 못한다.
자신의 장점을 고려하지 않고 외적인 요소에 의지할 뿐이다.
하지만 3단계의 여자는 오랫동안 남자의 마음을 사로잡을 수 있다.
다른 여자들과 구별되는 자신만의 가치를 지니고 있기 때문이다.
연애의 기술은 개별적인 장점을 표현하는 기법이다.
따라서 먼저 자신의 가치를 발견해야 자신을 표현할 수 있다.
즉, 연애의 기술을 배우기 전에 먼저 자신부터 알고 있어야 한다.

자신을 알 때만이 자신만의 사랑을 표현할 수 있다.

카카오톡과 문자

카카오톡이 일반적일 때,
휴대폰 문자를 보내면 감정의 벽이 형성된다.
문자보다 카카오톡이 더 친밀한 느낌이 들기 때문이다.
따라서 상대방에게 거리감을 두고 싶다면
카카오톡보다는 문자를 보내자.
그럼 문자에서 카톡으로 전환만 해도
남자는 기뻐하게 될 테니까.

여자는 자신의 일상적인 것들을 쉽게 공유하면
평범한 여자가 되고 만다.

김밥나라에서 수준 있는 여자 되기

언제나 고급 레스토랑에만 갈 수는 없다.

여기는 김밥나라.

그녀는 쫄면을 주문했다.

나는 김치찌개를 주문했다.

그러자 그녀가 주문을 수정한다.

"그럼 난 고구마 돈가스"

"아니 왜? 쫄면 먹지그래."

"김치찌개랑 고구마 돈가스는 천생연분이거든, 우리처럼."

그녀는 음식의 궁합을 알고 있었다.

어울리는 메뉴를 선택할 줄 알았던 것이다.

우리는 서로 주문한 음식을 나눠 먹으며 즐겁게 식사할 수 있었다.

어떤 음식점에 가든 상대가 주문한 음식과 궁합이 맞는 음식을

시킬 줄 안다면 차별화할 수 있다.

인간은 음식을 나눠 먹으며 친해진다.

* 식구: 한집에서 함께 살면서 끼니를 같이하는 사람

P.S. I love you.

사람은 기분과 감정을 헷갈릴 때가 있다.
사랑이 식어서가 아니라 사소한 이유로 사랑하는 이에게 상처를 주기도 한다.
그럴 때마다 그녀가 내게 보낸 편지를 읽는다.
그럼 언짢았던 기분은 가라앉고, 감정은 선명해진다.
편지를 읽으면 읽을수록 사랑이 뚜렷해지기 때문이다.
편지에는 즉흥적인 내 기분이 아니라 진실한 우리의 사랑이 담겨 있다.
그때의 애절했던 추억,
거짓이 아닌 그녀의 경건한 속삭임,
우리 둘만의 비밀,
기특한 다짐과 맹세,
그리고 P.S. I love you.
나는 다시 사랑으로 충만해진다.
나의 사랑은 흔들리지 않았던 것이다.

편지는 사랑의 응고제이다.

안경 낀 남자와 영화관에 갔을 때

나는 영화를 볼 때 안경을 껴야 한다.
그래야 자막이 잘 보이기 때문이다.
그녀와 함께 영화를 보기 전 안경을 꼈다.
근데 그녀가 나의 안경을 벗긴다.
그리곤 나의 안경을 정성 들여 닦아 준다.
그녀가 다시 안경을 씌워준다.
"어때 훨씬 잘 보이지?"
그녀의 얼굴도 훨씬 선명하게 잘 보였다.
그리고 그녀의 사랑도.

남자가 가진 것들을 소중하게 다뤄주면
그녀의 사랑도 소중해진다.

자기 눈 좀 감아볼래?

나는 평소 이동할 때 스마트폰으로 음악을 즐겨 듣는다.
내 폰에는 약 1,000곡 이상의 음악이 저장되어 있다.
장르는 다양하다.
가요, 팝, 재즈, 클래식, 보사노바 등.
어느 날 오후 그녀를 만났는데, 내게 줄 게 있으니까 눈 좀 감아보란다.
나는 눈을 감았다.
손을 펴보란 말은 없었다.
뭘까?
눈을 감아도 그녀가 내게 가까이 온다는 것이 느껴진다.
혹시 뽀뽀?
그녀는 나의 귀에 새로 산 이어폰을 꽂아 주었다.
"선물이야. 이어폰 고무가 닳았더라고. 그리고 이게 음질이 좋아."
나는 내 이어폰 상태를 몰랐다.
그냥 습관처럼 귀에 꽂기만 했을 뿐이니까.
습관 때문에 놓친 나의 상태를 그녀가 알아차려 주었던 것이다.
그녀의 관심과 마음 씀씀이가 그 어떤 선물보다 나를 기쁘게 해주었다.
나는 그녀의 귀에 대고 속삭였다.
"사랑해."
그리고 음악을 들을 때면 항상 그녀를 생각하게 된다.

그는 어떤 습관에 길들여져 당신을 필요로 하고 있다.

장하다! 뽕브라

뽕브라가 실로 막강한 위력을 발휘할 때가 있다.
바로 그와 처음 영화를 보러 갈 때다.
영화를 볼 때는 정당하게 나란히 앉게 된다.
영화가 시작되면 불이 꺼지고, 몰래 눈 돌리기가 수월하다.
이때 남자는 곁눈질로 여자를 볼 때가 있다.
그때 눈길을 멈추는 곳은 바로 그녀의 뽕브라다.
들킬까 봐 급히 눈을 제자리로.
근데 영화에 집중하지 못하고, 잔상이 남아있다.
기회를 틈타 다시 몰래 눈을 돌린다.
음료수를 마시는 척하면서 한 번 더 본다.
사실 남자는 뽕브라인지 모른다.
다만 환상에 빠질 뿐이다.
그래서 그다음 날부터 더 적극적이다.
바로 뽕브라가 위력을 발휘한 것이다.

사랑을 시작하기 전에는 진실보다 중요한 것들이 많다.

남자는 그거면 충분해요

한동안 멍해질 정도로 좋은 노래가 있어서 그녀에게 들려주고 싶었다.
"이 노래 한 번 들어봐."
나는 그녀의 귀에 이어폰을 꽂아 주었다.
플레이 버튼을 누른다.
그녀가 눈을 감는다.
그리고 손바닥으로 귀를 덮는다.
고개를 약간 한쪽으로 기울인다.
노래가 끝날 때까지 듣는다.
그리고 눈을 뜬다.
그래, 이걸로 충분하다.
더 이상 어떤 반응도 필요 없다.
그녀는 끝까지 진지하게 들어주었으니까.

남자는 여자의 말이 아니라 여자의 태도에 설득당한다.

그녀의 갤러리

사진은 다양한 관점이다.
그래서일까?
여자마다 전송해주는 사진이 다 달랐다.

a. 자신이 먹은 음식
b. 가끔 올려다본 하늘
c. 감명 깊게 읽은 문구
d. 직접 그린 그림
e. 나 몰래 찍은 내 사진

나는 그녀가 내게 보낸 사진을 보면서,
그녀와 같은 관점으로 세상을 바라본다.
사랑은 함께 같은 곳을 본다는 말이 있다.
나는 그 말을 이렇게 표현하고 싶다.
사랑은 서로의 관점으로 느낀 감정을 공유하는 것이다.
사랑하는 관점으로 세상을 바라보면 사진첩은 사랑으로 넘쳐난다.
하지만 세속적인 관점으로 세상을 바라본다면 공유할 수 있는 것은 제한된다.
더 비싼 것을 살 때까지 카메라 셔터를 누르지 않을 테니까.

자신의 사진첩에 저장된 사진은 자신이 세상을 바라보는 관점이다.

남자는 여자에게
한없이
인정받고 싶어 한다.
연 애 ♥ 방 법

남자가 좋아하는 칭찬

남자가 좋아하는 칭찬은 따로 있다.

"멋진 일을 하시네요." – 일에 관한 칭찬
"말에 깊이가 있어요." – 내면에 관한 칭찬
"수준이 높으신 것 같아요." – 수준에 관한 칭찬
"전 이런 차가 좋아요." – 애마에 관한 칭찬
"다른 남자랑 비교되네요." – 다른 남자보다 우월함에 관한 칭찬
"정장이 잘 어울릴 것 같아요. 난 그런 남자가 좋던데." – 감정을 담은 칭찬
"꼭 성공할 것 같아요." – 꿈에 관한 칭찬
"한 여자만 사랑할 것 같아요." – 로맨틱함에 관한 칭찬

남자는 여자에게 한없이 인정받고 싶어 한다.
세상이 자신을 인정해주는 것을 포기했기 때문에
적어도 사랑하는 사람에게만큼은 인정받고 싶어 한다.
이건 남자의 처절한 욕망인데, 여자들은 쉽게 충족시켜 주지 못한다.
흠을 안 잡히는 것만으로도 다행으로 여겨야 한다.
그래서 남자들이 불쌍할 때가 많다.

남자는 자신을 인정해주는 여자를 만날 때 '인연'이라고 확신한다.

FM 93.1㎒

성악을 전공한 그녀는 내 자동차 라디오 주파수를 바꿔주었다.
FM 93.1㎒ 클래식 채널.
이전의 나는 라디오 주파수를 의식하지 않았다.
내 마음대로 돌려 들었다.
그녀는 자신이 아는 음악이 나오면 설명도 해주고, 노래도 따라 불렀다.
그런 그녀의 모습이 보기 좋았다.
그러던 어느 날 쇼팽의 〈녹턴〉이 흘러나올 때 그녀가 말했다.
"어디서든 이 노래가 흘러나오면 나를 기억하기다."
그녀와 헤어진 지금,
내 자동차 라디오 주파수는 여전히 FM 93.1㎒이다.
이제 나도 클래식을 좋아하게 된 것이다.
지금도 쇼팽의 〈녹턴〉이 흘러나오면 그녀가 떠오른다.

좋은 기억은 때로 취향마저 바뀌게 할 수도 있다.

1+1=더 외로움

토요일 오후 스타벅스 안은 번잡했다.
나도 커피를 주문하기 위해 늘어선 줄에 서서 주문을 기다리고 있었다.
함께 온 그녀는 자리를 잡고 앉아 있었다.
그런데 그녀가 내게 와서 말했다.
"옆에 있을게요. 혼자 기다리면 심심하잖아요."
주문하는 동안 나는 외롭지 않았다.
하나보다 둘이어서 외로움을 나눌 수 있었던 순간이었다.
그녀 이후로 줄을 서서 기다릴 때 나는 나도 모르게 고개를 뒤로 돌린다.
하지만 대부분 내가 올 때까지 앉아서 스마트폰을 만지작거릴 뿐이다.
그럴 때면 함께여도 외롭다.

사랑은 함께 호흡할 때 살아 숨 쉰다.

그녀와 함께 주유소에서

오늘은 그녀와 함께 드라이브하는 날.
자동차 기름을 넣기 위해 주유소에 갔다.
나는 창문을 열고 주유원에게 말했다.
“5만 원이요.”
그러자 내 옆에 타고 있던 그녀가 말했다.
“아니요. 꽉 채워 주세요.”
그러더니 주유원에게 자기 카드를 내미는 것이었다.
그녀가 기름을 넣어줘서일까?
차도 붕붕, 내 기분도 붕붕.

차를 가진 남자라면 가끔은 기름을 채워 주는 여자 친구를 꿈꾼다.

팝콘 주문할 때 보이는 여자

영화관에서 "팝콘 드실래요?"라고 물으면 여자들의 반응이 제각각이다.

a. 아니요.
b. 아니요. 전 괜찮은데 혹시 팝콘 드실래요?
c. 네. 팝콘 좋아해요.
d. 네. 팝콘 먹을게요. 팝콘은 제가 살게요.
e. 전 팝콘보다 나초가 좋아요.
f. 여기 팝콘은 비싸고 양만 많아요. 전 편의점 팝콘이 좋아요.

딱히 어떤 반응이 좋다고 말하기는 어렵다.
남자마다 좋아하는 반응도 달라질 테니까.
다만 저마다 같은 상황에서 다른 반응을 보인다는 것이다.
각자의 반응에 따라 예쁜 여자가 못나 보이기도 하고,
못나 보이던 여자가 예뻐 보이기도 한다.
"팝콘 드실래요?"

이왕이면 예뻐 보이는 반응을 보이자.

남자는
여자가 예뻐서
웃는 것이 아니라
밝아서 웃는다.
연애 ♥ 방법

애교 있는 여자를 원하는 이유

남자들이 애교 있는 여자를 좋아하는 이유는 세상을 밝게 보고 싶기 때문이다.
그래서 남자들의 입장에서 애교 있는 여자의 반대말은 인색한 여자다.
인색한 여자는 세상을 어둡게 채색한다.
이런 여자와 함께 있으면 안 그래도 암울한 현실이 더욱 구체적으로 어두워진다.
반면 애교 있는 작은 것에도 미소를 지을 줄 안다.
화를 내도 애교로 무마시킨다.
불황일수록 남자는 애교 있는 여자에게 약하다.
그녀와 함께 있는 동안 만큼은 웃을 수 있기 때문이다.
남자는 여자가 예뻐서 웃는 것이 아니라 밝아서 웃는다.

억지로 애교를 부릴 필요는 없다.
다만 자신의 슬픔으로 세상을 덮지 마라.

먼저 연락하는 여자

연애 초반 남자는 여자의 연락에 민감하다.
항상 자신만 먼저 연락하면 힘 빠진다.
남자가 늘 먼저 연락해서 안 했을 뿐이지만, 남자는 그렇게 생각하지 않는다.
'내가 싫은데 억지로 연락을 받아주는 걸까?'
'내게 먼저 연락하기 귀찮은가?'
'내게 관심은 없는 걸까?'
먼저 온 여자의 연락 한 번은 남자에게 큰 힘이 된다.
쉽게 포기하지 않을 이유가 된다.
연애를 잘하는 여자는 상대를 지치게 하지 않는다.
상대에게 직설적으로 감정을 표현하지 않더라도 자신에게 올 수 있는 길은 터준다.
나는 그녀를 포기했지만, 그녀에게서 먼저 연락을 받고
그 마음을 고쳐먹은 수많은 남자를 알고 있다.

여자에게서 먼저 온 연락은 남자에게 자신감이 된다.

그 남자와 감정적으로 깊어지는 원리

좋아하는 남자에게 바나나 우유를 줄 때 몇 가지 방법이 있을까?
방법은 모두 네 가지다.

1. 그냥 주는 방법
2. 녹색 뚜껑을 뜯어서 주는 방법
3. 빨대를 챙겨 주는 방법
4. 빨대를 꽂아서 주는 방법

만약 4번처럼 주면 행위에 마음을 담게 된다.
마음이 담긴 바나나 우유가 되는 것이다.
하지만 1번처럼 주면 형식적으로 끝날 뿐이다.
어떤 행위를 할 때 마음을 담아야 감정적 진도가 나갈 수 있다.
단지 행위 자체만을 추구하면 형식적인 진도밖에 나갈 수 없다.
그래서 만나도 감정이 깊어지지 않는 것이다.

연애에 성공하려면 창의성을 발휘하라.
직접 바나나 우유를 만들어 줄 수도 있다.

2G와 4G 사이

내 휴대폰이 2G였을 때다.
각기 다른 그녀의 관점이 재밌었다.

a. "오빠! 휴대폰 너무 촌스럽네요. 빨리 4G로 바꿔요!"
b. "휴대폰이 클래식해서 예뻐요. 자기 물건을 소중하게 다루나 봐요."

만약 당신이 남자라면 어떤 관점을 가진 여자에게 끌리겠는가?
상대방 물건의 좋고 나쁘고를 따지기보다 사연을 먼저 헤아려 주는 여자가 되자.
비록 구형이지만, 상대방에겐 소중한 추억이 담겨있는 물건일지도 모른다.

남자는 비싸거나 싸서가 아니라, 의미가 있거나 없어서 바꾼다.

그녀만의 센스

그녀와 함께 중국집에 갔다.
주문하고 나자 그녀는 나무젓가락을 싸고 있던 종이를 벗겨냈다.
그 종이를 가로로 반으로 한 번 접는다.
그런 다음 다시 세로로 반으로 한 번 접는다.
마지막으로 양 끝을 각각 안쪽으로 1㎝ 정도 접는다.
그녀는 수저 받침대가 완성되었다며,
내 수저를 접은 종이 위에 올려 두었다.
내 눈에는 신기에 가까운 기술이었다.
"우아! 멋지다!"
나는 그녀를 칭찬했다.
"식탁이 더러울 수도 있잖아."
그녀의 작은 정성이 기분까지 깨끗하게 만들어 주었다.

종이가 없을 때는 냅킨을 깔아주었다.

달고나보다 달달한 사랑 만들기

시내를 걷다가 추억의 '달고나'를 발견했다.
"자기야. 나 저거 한번 하고 싶어."
이 나이에 '달고나'라니?
남자는 늦게서야 철이 든다.
그녀는 "너 못 하기만 해봐!" 하면서 자기도 뽑기를 시작한다.
별 모양은 꽤 어려운데, 별 모양을 고집한다.
그녀는 자신과 전혀 어울리지 않는 '달고나' 뽑기 앞에 앉아 몰입한다.
우리는 둘 다 '꽝'이었다.
하지만 우리의 추억에는 '팡파르'를 울려줬다.
내 어린 시절의 시간을 존중해 주었던
그녀에게 다시 한번 고맙다는 말을 전하고 싶다.

남자는 여자와 자신의 과거를 공유하고 싶어 한다.
돌아갈 수 없는 그 시절이 너무나 즐거웠기에.

돈 쓰는 남자의 태도를 관찰하기

돈도 중요하지만, 그가 돈을 다루는 태도도 중요하다.
과연 그는 어떤 식으로 돈을 쓰는가?

- 맛있어서 주문하는가? 가장 비싸서 주문하는가?
- 잘 어울려서 입는 옷인가? 명품이라서 입는 옷인가?
- 소중한 것이냐고 물어보는가? 내가 사줄 테니까 버리라고 하는가?
- 작은 것을 해주는가? 큰 것을 해줄 때까지 기다리게 하는가?
- 안목이 있는 선물인가? 그냥 비싼 선물인가?
- 교통 카드를 충전시켜 주는가? 차비를 돈으로 주는가?
- 가격표부터 보고 옷을 입어보는가? 옷을 입어보고 가격표를 보는가?
- 자신의 잘못을 인정하는가? 자신의 잘못을 돈으로 보상하려고 하는가?
- 사람들 몰래 계산하는가? 사람들 앞에서 돈을 꺼내는가?

돈만 많다고 해서 돈이 행복을 보장해주지는 않는다.
어떻게 돈을 쓰느냐가 더 중요하다.
돈은 삶의 구성 요소 중 혜택일 뿐이다.
오히려 돈이 너무 많아서 모든 선택이 엉망이 되어버릴지도 모른다.

부디 그가 내게 쓰는 돈으로 나의 가치를 저울질하지 마라.

크리스마스 케이크

크리스마스이브를 함께 보내고 헤어질 때 그녀는 빵집에 들렀다.
그리곤 나에게 케이크를 사줬다.
난 괜찮다고 했지만, 그녀는 초와 폭죽까지 챙겨주었다.
케이크를 집에 들고 가서 부모님과 동생을 불렀다.
새삼스럽게 케이크에 촛불도 켜고, 폭죽도 터트렸다.
그렇게 가족끼리 둘러앉아 이런저런 얘기를 나눌 수 있었다.
'그녀가 내게 선물한 건 크리스마스이브의 따뜻한 시간이었구나!'
크리스마스이브에 왜 사람들이 케이크를 사는지
그날에서야 이유를 제대로 알게 되었다.

여자의 감수성으로 남자에게 정서를 선물하라.

여자는 바꿀 수 없는 남자의 왕국

남자는 겸손했다.

남자: 원래 어중간한 사람이 교대에 가는 거예요.

여자: 왜요? 선생님이 된다는 건 얼마나 큰 의미인데요.

남자: 아…

여자: 누군가에게 영향을 끼칠 수 있다는 것 자체가 삶의 보람일 것 같아요.

남자: 네, 고마워요.

이건 겸손이지 부정이 아니다.
여자는 이 사실을 알아야 한다.
남자는 절대로 자신의 왕국을 부정하지 않는다.
적어도 그 안에서 긍정적인 면을 갈구한다.
따라서 그만의 왕국에 대한 의미를 일깨워줄 필요가 있다.
아무리 자기 스스로 자신의 직업을 비하하더라도 동조하지 마라.
현재 직장이 그의 최선일지도 모르기 때문이다..

남자는 새로운 왕국의 공주가 아니라 자신의 왕국의 공주를 원한다.

남자와 대화를 잘하려면?

남자와 대화를 잘하는 기술은 간단하다.
여자는 호응과 감탄만 잘해도 남자와의 대화를 주도할 수 있다.

"어머, 정말요?"
"우아, 멋져요!"
"빨리 말해주세요."
"이것만 듣고 화장실 갔다 와야지."
"정말 재밌어요."
"네, 제 생각도 그래요."
"시간 가는 줄 모르겠어요."
"무척 낭만적인 발상이네요."
"친구한테 자랑해야지."
"너무 궁금해요. 그래서요?"
"더 없나요?"

여자가 이런 말을 할 때 남자는 신이 나서 말을 많이 하게 된다.
말을 많이 하면 대화가 통한다고 생각한다.
단순하게 남자를 리드하는 것이다.

남자는 여자의 호응과 감탄을 이끌어내기 위해서 말한다.

'밀고 당기기'의 정의

사랑에 성공하려면 밀고 당기기를 상대방에게 하는 것이 아니라
자신에게 해야 한다.
너무 자주 연락하면 일하는 상대방에게 방해가 될 수 있으니
연락 횟수를 조금 더 줄인다.
너무 자주 만나면 자신의 할 일을 못 할 수도 있으니 한 번 정도 만남을 줄인다.
너무 긴장을 풀면 함부로 행동할 수 있으니 적당히 긴장한다.
매번 같은 모습만 보여주면 식상할 수 있으니,
좀 더 다양한 모습을 보여주기 위해 노력한다.
어제는 별일도 아닌 거로 짜증을 부린 것 같아 미안해서 오늘은 맛있는 걸 사준다.
사랑도 중용의 지혜를 발휘해야 한다.
너무 과하지 않고, 상황에 유연하게 대처할 수 있어야 한다.
이런 태도를 유지하는 것이 바로 밀고 당기기다.
관계의 우위를 확보하려고 상대방을 일부러 힘들게 하는 것은
지혜롭지 못한 태도다.

자신을 밀고 당기기 할 수 있는 여자가 되자.

새로 시작하는 마음으로
상대에 맞게
자신의 장단점을
재구성해야 한다.

리셋해볼까?

실패의 경험은 여자를 위축되게 한다.
과거에도 그랬으니까 이번에도 여기까지만.
나를 다 보여줄 필요는 없어.
말도 많이 하지 말고,
돈도 다른 여자들이 쓰는 만큼만.
사귀기 전까지는 절대로 잘해주지 말자.
하지만 연애는 상대가 바뀔 때마다 리셋해야 하는 관계다.
과거의 단점이 이 사람 앞에서는 장점으로,
과거의 장점이 이 사람 앞에서는 단점으로 비칠지는 아무도 모른다.
따라서 새로 시작하는 마음으로 상대에 맞게 자신의 장단점을 재구성해야 한다.

여자가 새로운 사랑을 시작할 때는 과거의 남자는 잊어라.

그의 전화를 받을 때

"여보세요."라고 받지 말고,

"어! 철수야."라고 반갑고 다정한 목소리로 이름을 불러주자.

정답게 맞아주면 더더욱 전화를 걸고 싶어진다.

그리고 그녀만큼 나를 반겨주는 사람은 또 없으니까.

좀 더 많이 애틋하게 그의 이름을 불러주자.

마중 나오는 여자

남자: 저녁 8시에 도착할 예정이야.
여자: 그래? 그럼 내가 마중 나갈게.
남자: 아냐, 괜찮아. 내가 거기로 가면 되는데.
여자: 괜찮기는. 내가 마중 나가 있을 테니까, 도착하면 바로 전화 줘.
남자: 응, 알았어.

마중 나오는 여자를 싫어할 남자는 없다.
솔로일 때부터 늘 부러워하던 상황이었으니까.
'마중'
단지 이 단어만으로도 연애 온도가 상승한다.

배웅과 마중을 나가면 가고 올 때마다 그녀가 떠오른다.

여자의 공감 능력

남자: 커피 좋아하세요?

여자: 아뇨. 커피보다 녹차를 더 좋아해요.

여자는 비록 커피를 좋아하지 않았지만,
음료라는 범위 안에서 공감대를 형성했다.
광범위하게 공감할 수 있는 능력이 바로 공감 능력이다.

남자: 혹시 액션 좋아하세요?

여자: 아뇨. 근데 액션이 가미된 스릴러는 좋아해요.

단, 공감 능력을 높이려면 아는 것이 많아야 한다.

자신이 아는 것만 진심으로 공감해줄 수 있다.

남자가 따르는 그녀의 융통성

부산 남포동에는 씨앗 호떡이 유명하다.
그녀와 함께 호떡을 먹으려고 했는데, 그 집이 유명해서 줄이 너무 길었다.
그러자 그녀가 말했다.
"저긴 사람 별로 없다. 우리 저 집 호떡 먹자."
거긴 사람이 별로 없어서 금방 호떡을 살 수 있었다.
먹어 보니 맛있었다.
그녀는 맛있게 호떡을 먹으며 말했다.
"호떡이 다 거기서 거기지."
그녀의 융통성 때문에 나는 그녀와 데이트할 때마다 편했다.
꼭 고집할 것이 아니라면 가끔은 융통성을 발휘하자.
그러면 남자는 금방 그녀를 따른다.

자기 입맛보다 맛집에 속는다.

모기 물렸을 때 'SOS'

남자는 모기에게 물려서 가려웠다.

남자: 자기야, 나 모기에게 물렸어.

여자: 어디?

남자: 여기.

여자는 모기가 물린 곳에 침을 바른 다음, 손톱으로 꾹 눌러 크로스를 만든다.

여자: 이제 가렵지 않을 거야.

남자: 벌써 약효가 오는걸.

만약 관객의 입장에서 보면 이상한 상황이고,
주인공의 입장에서 보면 로맨틱한 상황이 된다.
사실 조금은 유치해야 연인끼리 할 게 많다.
대개의 추억은 지나고 보면 유치하다.
하지만 사랑으로 남는다.
모기에게 물린 흔적마저도.

사랑을 멀리서 찾으면 시간이 사랑을 가로챈다.

무뚝뚝한 남자 친구

여자는 남자의 무뚝뚝한 성격이 싫었다.
하지만 무뚝뚝한 성격 때문에 끼(?)가 없을지도 모른다.
진지해서 표현을 아꼈을 수도 있다.
그게 답답할 수도 있겠지만,
무뚝뚝한 면과 더불어 더 큰 장점이 있다면
무뚝뚝함은 내가 감수해야 할 부분이다.
이 세상은 다 가질 수는 없다.
성숙한 관점으로 상대방의 장단점을 수용할 때
이상적인 관계를 유지해나갈 수 있을 뿐이다.
나 자신도 완벽하지 않은데 어떻게 완벽한 사람만을 찾을 수 있겠는가?.

항상 뒤늦게 깨닫게 된다.
이 정도면 충분한 사람이었다는 걸.

나는 나의 사랑을
감각적으로 표현했고,
남들은 이것을
연애 기술이라고 불렀다.
연애♥방법

연애는 기술이 아니라 감각이야

나는 그녀에게 연애 기술을 사용하지 않았다.
다만, 그녀를 만날 때면 나의 모든 감각을 열어두었다.
내 시선은 그녀를 향했고,
내 귀는 그녀의 말에 귀 기울였고,
사랑으로 사물을 관찰했고,
주어진 상황에서의 느낌을 온몸으로 표현했던 것 같다.
그럴 때면 내 사랑을 형상화할 수 있는 것들로 가득했다.
내 빵에 잼과 버터를 발라 그녀의 접시 위에 올려두고,
그녀의 정서와 어울리는 음악을 선곡하고,
여름에는 그늘로 그녀를 인도하고,
때때로 놓친 감정들을 종이 위에 담아내고,
그녀가 높은 힐을 신었을 때는 천천히 걸었다.
그렇게 나는 나의 사랑을 감각적으로 표현했고,
남들은 이것을 연애 기술이라고 불렀다.

상황을 감각적으로 재창조하라.

팔색조 스타일

같은 콘셉트 속에서 다양함을 추구해서는 안 된다.
남자의 눈에는 거기서 거기일 뿐이기 때문이다.
예를 들어 항상 정장 스타일을 추구한다면,
아무리 럭셔리한 정장이 많아도 남자의 마음을 설레게 할 수는 없다.
따라서 여자는 좀 더 다양한 스타일을 추구해야 할 필요성이 있다.
섹시, 청순, 큐트.
한 가지 고집스러운 스타일을 추구하기보다는
다양한 이미지를 보여줄 수 있는 여자가 되자.
남자는 여자의 다양한 모습 속에서 자신의 이상형을 발견한다.
왜냐하면, 남자의 이상형은 한 여자의 모습이 아니기 때문이다.

기대감으로 남자의 상상력을 자극하라. 상상은 현실을 초월한다.

왕초보 여자의 애정 표현 방법

"사랑해."
이 표현만을 꼭 여자의 애정 표현이라고 생각하면 안 된다.
그럼 부끄럽고 타이밍 잡기가 어려워서 애정 표현할 기회를 포착하기 어렵다.
"사랑해."는 매일 반복할 수 없어서 애정 표현의 간격이 길어질 수밖에 없다.
다음과 같은 방법으로 쉽고 적절하게 애정을 표현해 보자.

"청바지가 잘 어울리세요. 청바지가 잘 어울리는 남자가 좋던데."
- 칭찬에 자신의 감정을 담는다.
"여기 정말 좋네요. 다음에도 우리 함께 와요."
- 장소에 여운을 남긴다.
"벌써 시간이 이렇게 지났네요."
- 체감 시간을 강조한다.
"그때 받은 선물, 소중히 잘 간직하고 있어요."
- 남자의 행위를 간직한다.
"내일도 기대돼요."
- 기대감으로 설레게 한다.
"제가 알고 있는 맛집이 있어요. 같이 먹으러 가요."
- 자신의 취향을 추천한다.
"아메리카노 좋아하신다고 하셨죠?"
-상대의 취향을 기억한다.

자, 다시 한번 처음부터 읽어보자.
애정을 표현하는 '사랑해'나 '좋아해'라는 단어가 포함되어 있지 않지만,

충분히 애정이 느껴진다는 사실을 알 수 있다.
나 역시 저런 식으로 애정을 표현하지만,
상대는 단 한 번도 내 사랑을 의심하지 않았다.
애정이 충만했던 것이다.

**사랑한다고 말하려 하지 말고, 사랑하는 마음으로 세상을 보라.
자연스럽게 사랑이 전해질 것이다.**

Chapter 5
버려질까 두려워 먼저 헤어지자고 했어

버려질까 두려워 먼저 헤어지자고 했어

헤어질까? 헤어지지 말까?

여자는 헤어질 마음이 있을 때 헤어질지 말지를 상담받는다.
과연 어느 쪽에 더 큰 기대를 걸까?
헤어지는 쪽, 헤어지지 않는 쪽.
어쩌면 둘 다 아닐지도.
그저 자신의 마음을 붙잡고 싶었는지도 모른다.

어떤 결심이든 내가 덜 힘들기 위해서 하는 것이다.

여자의 이별은 '버림받음'

여자는 이별해야 할 때를 모른다.
지금은 헤어져야 할 때다.
그만 그를 놓아줄 때다.
당신이 그 남자보다 더 사랑한다는 것을 안다.
지금 가장 사랑한다는 것도.
하지만 그는 당신의 가치를 모른다.
그래서 당신이 얼마나 소중한 사람인지 알지 못한다.
그런 당신이 아무리 잘하려고 노력해도 소용없다.
당신의 빛나는 가치보다 지나가는 여자의 몸매를 더 높이 평가한다.
그의 눈에는 당신의 단점만 보인다.
이제는 정말 헤어져야 할 시간이다.
당신뿐만 아니라 사랑했던 모든 여자는
가장 사랑할 때 남자를 놓아줬다.
그래서 여자의 이별은 남자의 이별과 다르다.
남자의 이별은 버림이고,
여자의 이별은 버림받음이다.
그래서 사랑을 믿지 않는 남자보다 사랑을 믿지 않는 여자가 더 많다.

내가 아무리 노력해도 나의 가치를 몰라주면 소용없다.

헤어지기 싫어서 참는 여자

언젠가부터 그는 대충 입고 나를 만나러 온다.
즉흥적으로 데이트 코스를 정한다.
말도 함부로 내뱉는다.
은근히 다른 여자들과 비교한다.
대놓고 요즘 돈이 없다고 선포한다.
나보다 친구들과 만나는 시간이 더 많아진다.
자기는 되지만, 나는 안 되는 것들이 너무 많다.
"다 알면서."가 애정 표현의 전부다.
여자는 오늘도 참아낸다.
점점 변해가는 그를 보면서도 아무 말도 하지 못한다.
과거에 좋았던 추억들을 회상하며 오늘을 참아낸다.
여자는 남자보다 더 많이 참아야 사랑을 유지할 수 있는 걸까?

헤어지기 싫어서 참는다.
그럴수록 남자는 지겨워서 떠나간다.

그 남자 때문에 자꾸 굶게 돼

사랑을 하면 여자는 밥을 굶는다.

왜 연락이 오지 않지? 기다리느라 굶게 된다.

혹시 다른 짓을 하고 있지는 않을까? 의심하면서 굶는다.

이제 마음이 식은 것은 아닐까? 불안해서도 굶는다.

왜 내 심정을 몰라줄까? 다투고 와서도 속상해서 굶고 있다.

그리고 헤어지고 나면 울면서 먹고 또 먹는다.

잘 먹으면 잠이라도 편하게 잘 수 있으련만.

그가 생각하는 이상적인 관계

'왜 나한테 이렇게밖에 안 해주지?'
남자의 입장에서 그건 그렇게 해도 되는 여자이기 때문이다.
먼저 연락하지 않아도, 일주일에 한 번만 봐도 되는 여자.
애정 표현을 생략해도, 돈을 쓰지 않아도 되는 여자.
만나서 일찍 헤어져도, 기념일을 무시해도 되는 여자.
그에게 있어서 그녀는 그런 여자였다.
권태기가 오는 이유는 내 가치가 떨어졌기 때문이다.
처음에는 가치가 100이었는데 6개월이 지나고 보니 40이다.
앞으로 더 떨어질 것 같다.
그런데 자신의 가치는 여자보다 높다고 판단된다.
이때 인간은 자신을 더 사랑해서 상대방을 놓아 버린다.
자신은 그녀보다 더 괜찮은 여자를 만나고,
그녀는 자신보다 더 사랑해줄 수 있는 남자를 만나고.
이것이 그가 생각하는 너와 나의 이상적인 관계였다.

그의 눈치만 보느라 자신을 방치하고 말았다.
권태기는 그에 대한 사랑의 벌이다.

길에서 다투는 커플

길에 서서 다투는 커플을 보면 나는 100% 이별을 예감한다.
남자의 심리를 알기 때문이다.
남자가 화해할 마음이 있다면 길에서 다투지 않는다.
다투다 집에 갈 수도 있기 때문이다.
그녀가 그 이유로 이별을 말하더라도 감당할 수 있기 때문에
길에서 다투는 것이다.
대개 헤어질 목적으로 다툴 때면 길에서 다툰다.
어디 들어가지 않아서 돈도 아낄 수 있다.
그녀가 화가 나서 돌아서면 행운이다.
그걸 핑계 삼아 이별의 정당성을 확보할 수도 있다.
남자는 여자가 생각하는 것 이상으로 이별 앞에서는 간사하고 치사하다.

남자는 사랑이 식었을 때 다투고,
여자는 사랑이 충만할 때 다툰다.

남자는
여자가 생각하는 것
이상으로
이별 앞에서는
간사하고 치사하다.
연애 ♥ 방법

이별 신호등

남자가 말한다.

"넌 너무 어려."
"너와 나는 생각이 달라."
"좀 쉬고 싶어."
"세상이 만만치 않아."
"넌 그게 좋니?"
"항상 미안해."
"이런 내가 싫어."
"요즘 나도 잘 모르겠어."

남자는 이제 당신과 거리를 두고 싶다.
이런 말은 벽처럼 두껍고 견고해서 여자는 가만히 있을 수밖에 없다.
그 후로부터 자꾸만 그의 껍데기와 함께 있는 것 같다.
남자와 여자는 그렇게 멀어진다.

남자는 이별할 때 먼저 다가갈 수 없는 거리를 만든다.

이게 정말 사랑일까?

그의 사랑이 아니라 내 사랑이 의심스러울 때가 있다.
내가 정말 그를 사랑하고 있는 걸까?
진지하게 자신에게 물어보자.

1. 그를 만난 후로 나는 성장하고 있는가?
2. 그와 어울리기 위해서 노력하는가?
3. 무감각하게 애정을 표현하고 있는 것은 아닌가?
4. 그에게 쓰는 돈을 계산하고 있는가?
5. 다음 사랑에 대한 여지를 버리지 않았는가?
6. 그는 답이 없는 남자인가?
7. 갈수록 친구들의 말에 솔깃하는가?
8. 몇 년간의 의리를 지키려고 관계를 유지하고 있는 것은 아닌가?
9. 마땅한 대안이 없어서 그의 그늘에 쉬고 있는 것은 아닌가?
10. 별 남자 없다고 생각하는가?

생각은 답이 없다.
하지만 '이건 아닌 것 같다.'라는 막연함이 든다면 그게 정답일지도.

누구나 사랑이 식으면 자신을 돌아본다.

집착도 데이트 폭력이야

집착은 믿음이 없는 '애정'이다.
믿음이 없어서 불안하다.
불안해서 아무 일도 하지 못한다.
여자는 보이지 않는 곳에서 무섭게 집착한다.
왜 믿음이 없을까?
그가 믿을 만한 남자가 아니라서?
아니 자기 자신을 믿지 못해서다.
자신이 없어서 사랑이란 이름으로 상대방을 구속한다.
사랑을 확인하고 또 확인해도 만족할 수 없다.
자신에 대한 믿음이 있어야 집착에서 벗어날 수 있다.
나에 대한 확신이 상대방의 자유를 허용한다.
그가 부재중일 때도 나를 돌볼 수 있다.
영원한 사랑을 약속하기보다 현재의 나 자신에게 충실해야 한다.
그래야 변하지 않는 사랑을 이어나갈 수 있다.
집착은 무서운 자기 합리화에 불과하다.
결국 집착 때문에 헤어지고 만다.
지치고, 무서워서.

상대방 때문이 아니라 나를 위해 집착했다. 내 마음이 편하기 위해서.

남자를 놓을 줄도 알아야 해

연애는 합작품이다.

상대방을 잘못 만나면 내가 아무리 잘해도 소용없다.

자신은 사랑으로 극복하고 싶겠지만, 본성은 바뀌지 않는다.

당신은 지금까지 충분히 최선을 다했다.

진짜 연애를 잘하는 여자는 헤어질 때를 아는 여자다.

성숙한 사람은 스스로 판단하고 이별할 줄 안다.

이제 그만 그를 놓아줄 때다.

안 되는 건 안 되더라.
다 가질 수 없더라.

관계의 우위를 확보하려고
상대방을 일부러
힘들게 하는 것은

지혜롭지 못한 태도다.

너무 잘해줘서 떠난 게 아니야

당신이 너무 잘해줘서 그가 떠난 게 아니다.
잘해준 만큼 기대했기 때문에 부담스러웠던 것이다.
기대가 크면 실망하는 모습을 감출 수 없다.
그는 당신이 실망하는 모습을 보며 자신을 부족한 사람으로 내몰았을지도 모른다.
'나는 지금도 충분히 잘하고 있는데,
아직까지 이 사람한테는 내가 많이 부족한가 보다.'
그렇게 당신이란 존재가 부담으로 작용하게 된 것이다.
결국 그는 이별을 선택한다.
당신을 실망시키지 않을 다른 남자에게 당신을 보내주려고.

사랑은 단 한 순간도 서로가 같은 표정을 짓지 않는다.

그 남자, 차도 없잖아

언니들과 친구들이 말한다.
"그래, 잘 생각했어. 헤어지길 잘한 거야."
"솔직히 이제서야 얘긴데 네가 훨씬 아까웠어."
"세상에 널린 게 남자야."
"그 남자 차도 없다면서?"
"처음부터 너랑 어울리지도 않았어."
하지만 위로가 되지 않는다.
그래도 보고 싶다.
헤어지고 싶어서 그 남자 험담을 했던 것이 아니라,
잊기 위해서 그 남자 험담을 했으니까.

그 어떤 말도 위로가 되지 않는다.
스스로 강해져야 할 뿐이다.

짝사랑은 시간 낭비

그는 나를 모른다.

하지만 나는 그를 좋아한다.

오늘도 눈에 띄지 않는 거리에서 그를 지켜본다.

그의 표정 하나하나에 내 마음도 함께 반응한다.

언젠가 이런 내 마음을 그도 알아주겠지.

혼자만의 사랑도 끝이 나겠지.

그와의 행복한 미래를 꿈꾸며 자신을 달래본다.

하지만 어쩌지?

그는 당신을 영영 알아보지 못할지도 모른다.

왜냐하면 그에게 거절당할까 두려워

당신은 있는지 없는지도 모르는 곳에 항상 꼭꼭 숨어 있으니까.

수줍은 꽃은 꽃을 활짝 펴보기도 전에 시든다.

그냥 펑펑 울고 정리해

속 시원해질 때까지
그냥 펑펑 울자.
대신 가족들이 놀랄 수도 있으니까
슬픈 영화를 틀어놓고.
그럼 정말 후련해질지도 모른다.

애써 웃기도 하고, 울기도 하면서 잊히더라.

헤어진 후 그녀의 반응들

나와 헤어질 때,
죽는다는 여자도 있었고,
집 앞까지 찾아와 난리를 피운 여자도 있었고,
매일 울면서 전화 온 여자도 있었고,
절대 헤어질 수 없다며 협박한 여자도 있었고,
나에게 복수한다고 했던 여자도 있었다.
하지만 헤어지고 나서 정말 그렇게 한 여자는 아무도 없었다.
한 번쯤 보고도 싶었지만,
그 누구도 다시는 연락 오지 않았다.
다들 잘살고 있었던 것이다.

이제 당신도 잘살 일만 남았다.

남자의 가슴 속에서

기억나는 여자.

기억에서 지워진 여자.

당신은 어떤 여자?

그리움은 기억이다.

미안해 안녕 거짓말

나에게 미련이 남아서 미안해하며 헤어진 것이 아니다.

그는 더 이상 내게 미련이 없다.

혹시 더 달라붙을까.

나에게 협박을 할까.

극단적인 선택을 할까.

언제 찾아오지 않을까.

나에게 잘해준 여자였으니까.

그래서 미안해하며 손을 놓았던 것이다.

결국 당신에게 미안했던 것이 아니다.

자기 자신을 위해서 미안해했을 뿐이다.

근데 당신은 왜 아직도 그에게 미안해하는가?

남자는 미안하다고 거짓말을 해서 미안하다.

그가 연락하지 않는 본질적인 이유

처음에는 관심이 있어서 연락을 자주 하다가,
나중에는 관심이 없어서 연락을 안 하는 것이 아니라,
처음부터 관심이 없었는데 욕망 때문에 연락을 자주 하다가,
나중에는 욕망이 사라져 연락을 안 하는 것일지도 모른다.
남자의 연락과 관심은 절대 비례하지 않는다.

욕망으로 전화기 버튼을 눌렀던 적이 얼마나 많았던가!

난 집착이 아니라 사랑이라 믿었지

집착과 사랑을 혼동하지 마라.
그는 당신의 전부가 아닐지도 모른다.
지금 당신의 전부도 그가 아닐지도 모른다.
시간은 사랑의 구성 요소들을 바꿔놓는다.
단지 지금 그가 없으면 안 될 것 같다는 집념 때문에
모든 것을 잃고 후회하지 마라.
헤어질 만한 사람이기 때문에 헤어질 수밖에 없는 것이다.

집착은 억지스러운 감정이다.
하지만 사랑은 자연스러운 감정이다.

남자의 연락과 관심은
절대 비례하지 않는다.
연애 ♥ 방법

울면서 헤어지던 날의 결심

나는 많은 여자에게 거절당하지는 않았다.
하지만 내가 정말 사랑했던 여자에게 거절당한 경험이 있다.
그때는 내가 정말 무능력하게 느껴졌다.
내 모든 걸 다해서 그녀의 마음을 돌리고 싶었지만 한 가지 이유 때문에 불가능했다.
그 이유는 바로 '나'라는 사실.
즉 그때의 나라서 그녀에게 거절당했기 때문에
그런 내가 뭘 해도 어쩔 수 없다는 것이다.
매달려 보고, 기다려 보고, 울어도 봤지만 아무런 소용이 없었다.
결국 그녀는 나를 떠났고, 나는 아무것도 할 수 없었다.
시간이 한참 흐르고 우연히 그녀의 모습을 볼 수 있었다.
근데 내가 달라져서일까?
더 이상 그녀의 모습 속에서 예전의 조각 같은 감정도 느껴지지 않았다.
지금의 내가 되고 나서 여자를 보는 나의 관점도 바뀌었던 것이다.
지난 시절 사랑했던 사람의 거절은 나에게 엄청난 자극이 되어 주었다.
그녀와 함께 거닐던 교정을 내려오며 나는 결심했다.
적어도 내가 사랑하는 사람만큼은 지킬 수 있는 나 자신이 되기로.
만약 지금 다시 그녀를 만난다면 이제는 내가 먼저 거절할지도 모르겠다.
그때의 나는 지금의 내가 아니며, 지금의 그녀도 그때의 그녀가 아니기에.
당신을 거절한 그 남자를 시간이 지난 후 우연히 다시 만난다면
그는 당신에게 어떤 감정을 느낄까?

나라는 존재 자체가 거절당할 이유가 되어서는 안 된다.

또 남자에게 당한 여자에게

그날 밤을 함께 보내고 나서 남자는 잠수탔다.

연락이 되지 않는다.

여자는 남자에게 당했다고 생각했다.

하지만 자신에게 책임은 없었을까?

근거 없이 그를 판단했고,

이유 없이 그를 믿었고,

순간의 기분과 감정을 혼동했고,

평소보다 술을 많이 마셨고,

그에게 빈틈을 허용했다.

물론 그에게도 잘못은 있겠지만, 100% 내가 당했다고는 볼 수 없다.

그 남자에게 그 정도로밖에 안 보였다는 걸 반성할 줄 알아야 한다.

강한 여자의 이면에는 여린 소녀가 있는데

사람들은 모두 그녀를 차갑고 도도한 여자라고 했다.
사랑도 도시적 감각으로 세련되게.
이별에도 아무렇지 않은 척?
하지만 사랑하는 사람 앞에서는 결국 그녀도 여자다.
한없이 나약해질 수밖에 없다.
다만, 사랑을 놓칠까 두려워 강한 척했을 뿐.
지금도 그 어딘가에서 혼자 울고 있을지도 모른다.

당신만 약한 여자가 아니었다.

남자의 성공과 이별의 연관성

그는 성공 때문에 당신을 떠난 것이 아니다.
남자의 성공은 더 괜찮은 여자를 내포한다.
당신보다 더 나은 여자와의 사랑을 위해서 떠난 것이다.
왜 성공을 꿈꾸겠는가?
더 큰 사랑을 받고 싶기 때문이다.
당신이 아닌 자신이 원하는 이상형으로부터.
애석하게도 당신으로는 만족할 수 없었던 것이다.

성공은 욕망의 크기와 비례한다.

다시는 없을 남자?

친구들은 그만한 남자 없다고 말한다.
다시는 그런 남자 만나기 어렵단다.
하지만 당신은 알고 있다.
흔들리는 자신의 마음을 다잡기 위해서
친구들에게 그의 장점만을 말했다는 것을.

그를 벗어나지 못하는 걸까?
지금 자신의 현실을 벗어나지 못하는 걸까?

자존감 없는 여자의 고민

많은 여자가 남자의 변심을 두려워한다.
그의 마음이 변해서 자신이 버림받지 않을까 고민한다.
하지만 그 남자 앞에서 초라해진 자신을 발견해서는 아닐까?
그를 알아갈수록 벌어지는 그와 자신과의 격차.
애써 그에게 맞춰주고 있지만, 자신을 드러낼 때는 초라해지는 나.
그를 자극할 수 있는 것은 일차원적인 욕망일 뿐.
언제 자신을 들킬지도 모르기 때문에 두려워하는 것일지도.

자기 자신을 잘 알기 때문에 그가 떠날 것을 예감했던 것이다.

사랑을 선택하는 기준

나는 이게 어울리는데, 사람들은 저게 어울린다고 한다.
나는 이게 편한데, 좋은 것은 이게 아니라고 한다.
내가 잘못된 걸까?
아직 뭘 모르는 걸까?
하지만 나이가 들면서 차츰 알게 된다.
내게 어울리는 게 가장 편하고 좋다는 사실을.
그리고 그렇게라도 내게 어울리는 것들이 있어서 다행이라는 것을.

참 많은 고민이 기준 때문에 존재하는 것 같다.
사랑하는 사람에 관한 고민까지도.

나이가 들면서
차츰 알게 된다.

내게 어울리는 게
가장 편하고 좋다는 사실을.

연애♥방법

Chapter 6

연애는 소모가 아니라 성장이야

연애는 소모가 아니라 성장이야

연인의 규칙

사랑이 조심스러웠나 보다.
결혼까지 생각하고 만나고 있는 연인은 규칙을 정했다.

1. 진지한 이야기는 손잡고 하기.
2. 의견 충돌, 다툼이 있을 때는 존칭 존댓말 쓰기.
3. 야, 너, 이런 말 쓰지 않기.
4. 고마워, 미안해, 사랑해 등 사소한 표현하기.

그리고 나에게 추가했으면 하는 규칙이 있다면 조언해 달라고 했다.
나는 연인에게 다음 규칙을 일러주었다.

5. 이 규칙들을 어겼다고 해서 서로의 사랑이 식었다고 단정 짓지 않기.

규칙은 언제든 깨질 수 있다.
그럴 때마다 사랑을 의심한다. 그래서 규칙은 위험하다.

당연한 예의도 사치일까?

그녀와 통화하고 싶어서 전화를 걸었다.
전화를 받지 않는다.
한참 후에 그녀에게 카톡이 왔다.
'전화했었네?'
내가 왜 전화했는지 궁금하지 않았나 보다.
나라면 바로 전화를 걸어 물어봤을 텐데.
또 이런 여자도 있다.
'다시 전화 줘.'
아니 자기가 전화를 걸면 안 되는 걸까?
때때로 의문에 빠질 때가 있다.
이게 당연한 걸까 아니면 내가 이상한 걸까?
원래 이런 사람들이 살고 있는 세상에서 나만 예민한가 보다.

당연한 예의조차 사치가 되어 버린 이상한 세상.

결혼 전 나에게 하는 10가지 질문

결혼을 결심하기 전에 마지막 질문은 자신에게 먼저 해야 한다.

1. 나의 일상을 들어줄 수 있는 남자인가?
2. "딱 한 병만 더 마실게." 술을 절제할 수 없는 남자인가?
3. 서로의 취향에 관해서 깊은 대화가 가능한가?
4. 그는 내가 뭘 좋아하는지 알고 있는가?
5. 어른들 앞에서 예의 바르고 공손한가?
6. 그의 말투가 거슬리지는 않는가?
7. 그가 자주 쓰는 단어들을 노트에 적어보자. 어떤 생각이 느껴지는가?
8. 단지 결혼이 급해서, 직장을 그만두고 싶어서 그와 결혼하려는 것은 아닌가?
9. 별 남자 없을 것 같아서 적당히 시집가려는 건가?
10. 지금 스스로 결혼을 결정했는가? 아니면 주위에서 부추기는가?

여자는 곁눈질로 남자를 본다.
하지만 결혼만큼은 두 눈으로 똑바로 바라볼 수 있어야 한다.

결혼을 할 만한 남자는 없다.
사랑하니까 그 남자와 결혼하는 것이다.

감정 편식

오랜만에 TV를 켰다.
심각한 뉴스가 나온다.
채널을 돌렸다.
웃긴 예능이 나온다.
채널을 돌렸다.
슬픈 드라마가 나온다.
채널을 돌렸다.
우리는 TV 리모컨만 있으면 얼마든지 감정을 편식할 수 있다.
내가 원하는 감정만 느끼면 그만이다.
채널은 수백 개지만, 깊어질 수 있는 감정은 제한적이다.
내가 원하지 않는 감정의 구성 요소들은 알 수 없다.
그럴수록 감정에 대한 면역력도 떨어진다.
조금만 싫은 소리를 해도 감당하지 못하고 관계를 끊어 버린다.
마치 채널을 돌리듯.

감정을 편식하지 않고 골고루 섭취할 때,
영혼의 건강을 지킬 수 있다.

그때 왜 그랬을까?

연애를 하지 않으면 거절당하지 않아도 된다.
그래서 연애를 회피하는 여자들도 많다.
사실 누군가에게 거절당한다는 것은 슬픈 일이다.
믿고 있던 자신에게 배신당하는 기분이니까.
하지만 우리는 거절당할 만한 말과 행동을 하면서 자신을 비춰보게 된다.
'내가 어떻게 그런 말을.'
'이런 상황에서 이런 행동을 할 수도 있구나.'
'그때 그 스타일은 아니었구나.'
좀 더 객관적으로 자신을 돌아보고, 발전적인 모습을 위해 노력하게 된다.
거절당한 후의 노력은 절실하다.
더욱 치열한 자신과 마주하게 된다.
그렇게 우리는 진정한 자기계발을 하게 되는 것이다.

연애만큼 적극적인 자기계발 자극제는 없다.

라면 이론

나는 라면을 좋아한다.
라면 중에서도 '신라면'을 좋아한다.
국물은 너무 싱겁지 않게 물 조절을 한다.
라면수프부터 넣으면 안 된다.
일단 면부터 넣고 수프는 맨 마지막에 넣는다.
면이 퍼지는 것은 싫어한다.
센 불에 빠르게 익히면 면발이 꼬들꼬들하다.
라면을 끓일 때 계란을 넣지 않는다.
삶은 계란을 라면 위에 올린다.
깔끔한 맛을 좋아해서, 치즈나 김치 등이 들어가는 걸 싫어한다.
나만의 라면 요리법이다.
사람마다 좋아하는 건 다르다.
라면이라도 천차만별이다.
그래서 누군가 뭘 좋아한다고 말한다면
개별적으로 접근해야 한다.
좋아한다는 관념은 사람에 따라 달라질 수 있기 때문이다.
둘 다 라면을 좋아한다고 해도 내가 생각하는 라면이 아닐지도 모른다.

바흐의 선율을 좋아해도 저마다 다른 생각을 하면서 듣는다.

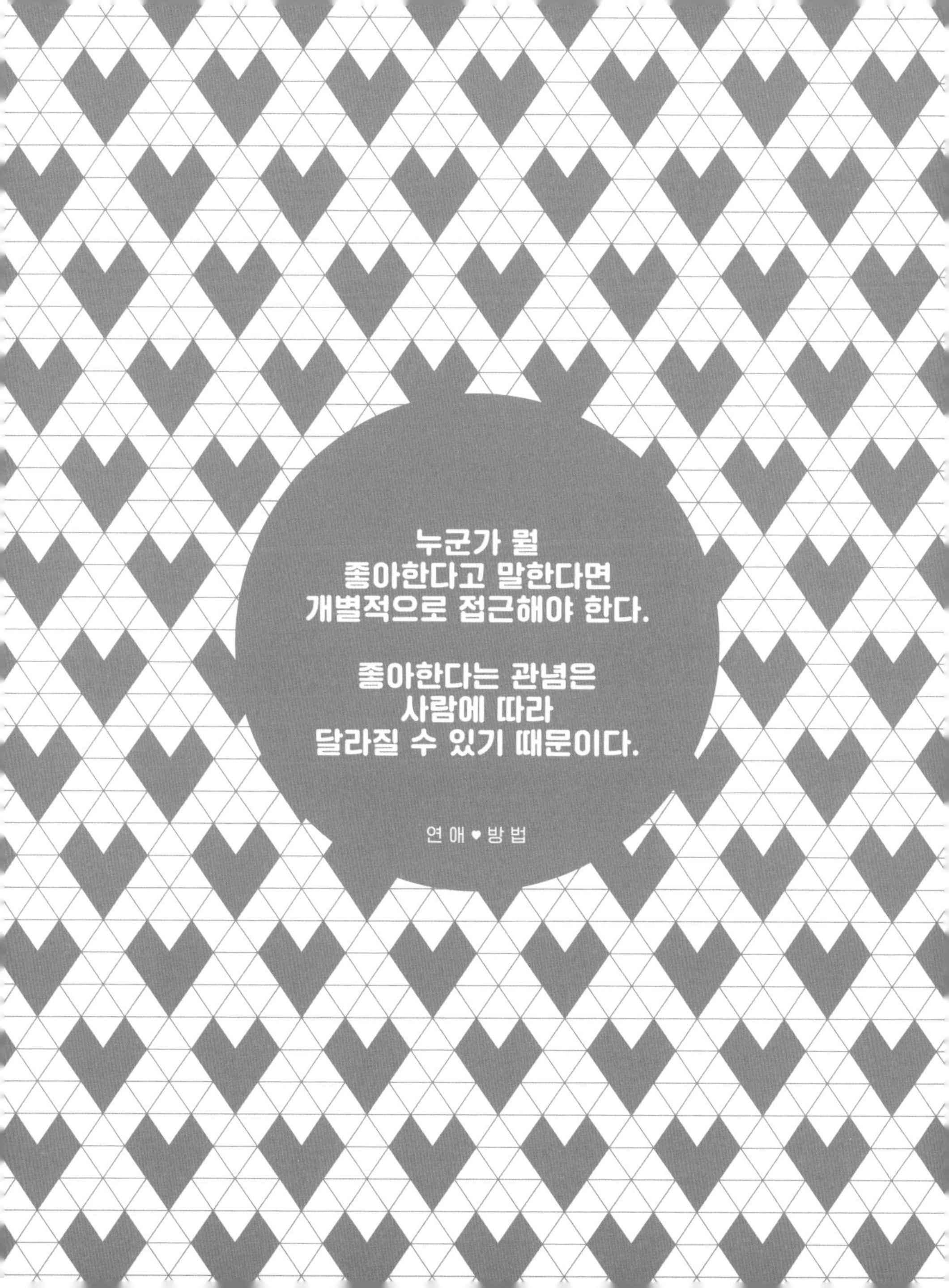
누군가 뭘
좋아한다고 말한다면
개별적으로 접근해야 한다.
좋아한다는 관념은
사람에 따라
달라질 수 있기 때문이다.
연애♥방법

혈액형이 왜 궁금한데?

여자들은 수상하다.

내가 소심하면 A형이라고 한다.

내가 이기적이면 B형이라고 한다.

내가 감정 기복이 심하면 AB형이라고 한다.

내가 낙천적이면 O형이라고 한다.

아니 사랑을 하면서 소심하지 않고,

이기적이지 않고,

감정 기복이 심하지 않고,

낙천적이지 않은 사람이 어디에 있을까?

남자는 별자리보다 그녀만의 별이 되고 싶다.

정말 행복해 보이니?

여자는 자신이 불행하기 때문에 행복하다고 남들에게 말한다.
그래서 남들은 그녀가 행복한 줄 안다.
여자는 그를 사랑하기 때문에 남들에게 그의 험담을 늘어놓는다.
그래서 남들은 그가 나쁜 남자인 줄 안다.
여자는 그와 헤어지기 싫기 때문에 헤어지고 싶다고 남들에게 말한다.
그래서 남들은 그녀가 헤어질 줄 안다.
같은 여자라도 여자의 말을 들을 때는 항상 조심해야 한다.

여자의 말은 깊이 생각하고 또 생각해야 한다.
그렇게 생각해도 그 뜻을 이해하기 어려울 것 같다.

그녀는 자기만족 때문에…

여자는 혼자서도 잘 지낼 수 있다.
여자의 삶 속에는 아기자기한 에피소드가 많기 때문이다.
일, 쇼핑, 친구들, TV 드라마, 애완동물, 성형, 피부 관리 등등.
자신에게 돈을 투자할 때 행복을 느끼며, 연애는 인생의 방해물로 간주하기도 한다.
이렇게 할 게 많은 자신에게 사랑 따윈 필요 없을지도 모른다.
하지만 내가 혼자서 뭔가를 할 때 느끼는 행복은
사랑받을 수 있다는 잠재적 생각 때문에 가능한 것이다.
만약 누구도 나를 사랑해주지 않는다면 혼자 뭘 해도 행복할까?
예쁜 옷을 사도, 좋은 화장품을 사도 아무도 알아주지 않는다면?
더 예뻐지면 더욱 괜찮은 남자를 만날 수 있을 것으로 생각하기 때문에
지금 혼자서도 행복할 수 있는 것이다.
여자가 끝까지 행복하기 위해서는 사랑을 해야 한다.
사랑 밖에서가 아니라 사랑 안에서 자신을 꾸밀 때
여자는 진짜 행복할 수 있기 때문이다.

만약 이 세상에 사랑이 존재하지 않는다면
여자는 혼자서 아무것도 하지 않을지도 모른다.

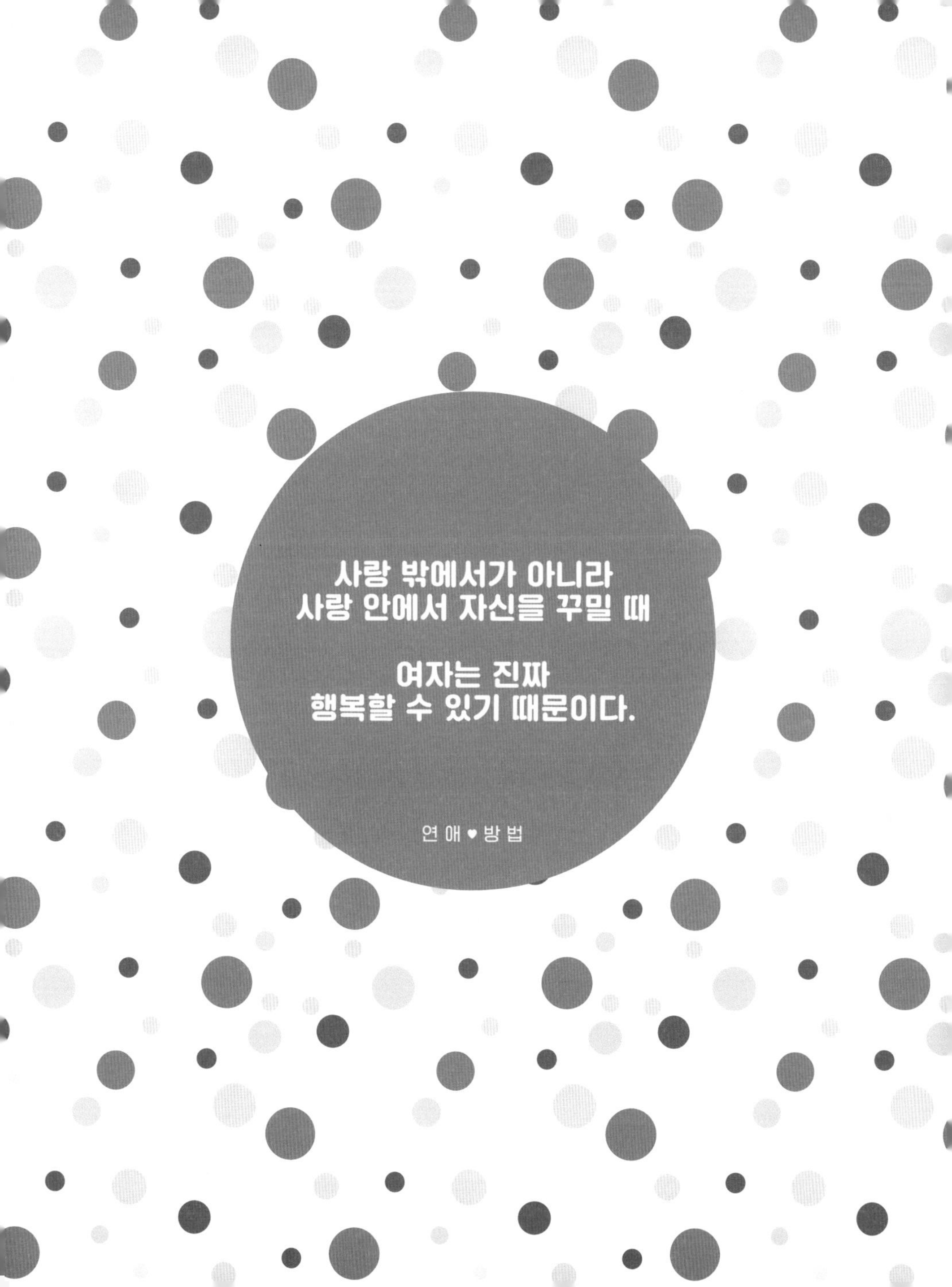
사랑 밖에서가 아니라
사랑 안에서 자신을 꾸밀 때

여자는 진짜
행복할 수 있기 때문이다.
연애♥방법

연애를 잘한다는 건 뭘까?

과연 연애를 잘한다는 의미는 뭘까?
빨리 사귀는 걸까?
오래 사귀는 걸까?
결혼에 골인하는 걸까?
나는 사랑은 식을 수 있다고 생각한다.
연애를 잘한다는 것은 서로가 성장할 수 있는 관계를 유지하는 것이 아닐까?
예를 들어 나는 그녀를 통해 자극을 받고 뭔가를 알게 된다.
그녀도 마찬가지다.
나를 통해 자극을 받고 서로가 성장할 수 있는 추억을 쌓아나간다.
그래서 우리가 헤어져도 함께한 그 시간이 아깝지 않다.
우리는 서로 연애를 통해 성장할 수 있었으니까.
그게 바로 연애를 잘하는 것이 아닐까?

아무리 오래 사귀어도 서로가 성장할 수 없었다면 그 연애는 실패다.

우리가 헤어져도
함께한 그 시간이 아깝지 않다.
우리는 서로 연애를 통해
성장할 수 있었으니까.
연애 ♥ 방법

자아도취가 자기혐오를 부른대

여자는 적당히 공주병이 있어야 한다고 나는 생각한다.
자신에게 애착이 큰 만큼 자신을 위해 노력할 수 있기 때문이다.
하지만 자아도취의 방향이 어긋나면 안 된다.
타인을 무시하거나,
이기적으로 자기밖에 모르거나,
오직 외모에만 집착하거나,
세상으로 나가는 문을 닫아버리거나,
자신과 남을 파괴하거나,
뭔가에 집착하거나.
공주병의 결과가 단순히 예쁜 척하는 거로 끝나는 것이 아니다.
극단적인 자아도취는 자신과 상대방을 병들게 할지도 모른다.
진정으로 자신을 사랑하는 사람은 남도 사랑할 줄 안다.
자신을 사랑하는 만큼 남도 보이기 때문이다.
오직 자신만 사랑하는 사람은 자신을 사랑하지 않는 사람일지도 모른다.

극단적인 자아도취는 극단적인 자기혐오로 이어지게 될지도 모른다.

주변에 괜찮은 남자가 없는 이유

시간이 갈수록,
나이를 먹을수록 주변에 괜찮은 남자가 없다.
예전에는 많았는데 도대체 그 이유가 뭘까?
그건 어쩌면 시간이 갈수록
내가 괜찮지 않은 여자가 되어 갔기 때문일지도 모른다.
나의 상황과 여건 속에서는 괜찮은 남자를 발견하기 어려웠던 것이다.
만약 내 인생에 답이 없다면 아마 앞으로 더 심각해질지도 모른다.

화려한 솔로의 미래는 독거노인이다.

캔 커피의 낭만

테이크아웃 커피가 유행하면서 캔 커피의 수요도 그만큼 줄어들었다.
하지만 캔 커피는 그 나름의 낭만이 있다.
예전부터 캔 커피 CF는 남녀의 사랑을 신세대적으로 표현했다.
특히, 과거에 지하철 CF는 장안의 화제였다.
남자가 여자에게 첫눈에 반했는데, 여자가 그걸 알아차리고 말한다.
"저 이번에 내려요."
그 당시에는 정말 파격적인 대사였다.
이처럼 캔 커피는 연애 낭만에 대한 에피소드가 참 많았던 것 같다.
좋아하는 사람에게 마음을 전할 때 캔 커피에 포스트잇을 붙여서.
추운 겨울날 그 사람의 언 손을 녹여주기 위해 따뜻한 캔 커피를.
한적한 둘만의 장소에서 캔 커피의 여유를.
그래서 내게 캔 커피는 낭만적인 추억으로 다가온다.
이처럼 예전에는 몇백 원짜리 캔 커피에도 사랑을 담아 자신의 마음을 표현했다.
낭만적인 순간들이 항상 가까이에 있었던 것이다.

이 세상에 낭만은 없다.
내가 만든 낭만만이 이 세상 어딘가에 존재할 뿐이다.

집착인가 원망인가

사랑해서 집착한다고 하지만, 원망일 때가 있다.
나에게 연락하지 않는 그를 원망해서.
늦게까지 친구들과 함께 있는 그를 원망해서.
나보다 자기 자신을 더 챙기는 그를 원망해서.
원망이 집착의 탈을 쓰고 그를 공격하게 되는 것이다.
하지만 자신은 사랑이라고 변명한다.
힘들어하는 그에게 너무 사랑해서 그랬다고.
사실은 그를 원망하고 있었으면서.

지나친 사랑은 증오심일지도 모른다.

연애 실패를 축하해

축하한다!

당신은 연애에 실패했다.

그래서 당신의 모습을 좀 더 가까이서 볼 수 있었다.

내게 이런 면이 있는지 비로소 알게 되었다.

그리고 엄청난 자극을 받게 되었다.

이제부터 더 괜찮은 여자가 되기 위해서 최선을 다하자.

어차피 그는 내 인연이 아니었다.

정말 내 운명을 만났을 때는 지금처럼 서툰 내 모습이 아닌

제대로 된 나의 모습을 보여주자.

그럼 그때까지 파이팅!

거절당한 인연은 한 개인이 성장함에 있어서 축복이다.

아날로그 혹은 디지털

그녀에게 사랑하는 사람이 있다면 편지를 쓰라고 했다.
"그건 아날로그 방법이 아닐까요? 요즘 같은 디지털 시대에?"
물론 시대적인 문화의 흐름은 있다.
하지만 그렇다고 해서 인간의 감정을 너무 높게 평가하지 마라.
인간은 별일도 아닌 일로 웃기도 하고 울기도 한다.
칭찬 한마디에 기뻐하고 사소한 것들에 감동한다.
인생 경험이 많고 나이가 드신 어르신들도 막걸리 한 잔에 기분이 달라진다.
즉, 당신이 생각하는 만큼 인간의 감정은 디지털적이지 못하다는 것이다.
지금은 새롭고 할 게 많은 세상이다.
그런데 다양화할수록 감정은 단순해지고 있다.
과거에는 새롭고 할 게 없어서 감정은 깊어졌다.
온전히 감정에만 집중할 수 있었던 시간이 많았기 때문이다.

제삼자가 봤을 때 다소 촌스럽고 유치한 방법으로
상대방의 영혼까지 사로잡을 수 있어야 한다.

연상연하

여자는 20대 중반에는 연상을 선호한다.
수준 낮아 보이기 싫기 때문이다.
여자는 30대 중반이 넘으면 연하를 선호한다.
늙어 보이기 싫기 때문이다.
여자는 그 남자보다
자신이 어떻게 보이는가를 더 중요시하기도 한다.

그 남자를 통해서 나를 보지 마라.

못생긴 네모의 고민

각진 네모는 둥근 동그라미를 항상 부러워했다.
자신이 동그라미보다 못생겼다고 생각했기 때문이다.
하지만 동그라미는 반대로 네모를 부러워했다.
이상하게 생각한 네모가 동그라미에게 물었다.
"너처럼 예쁜 애가 왜 날 부러워하는지 모르겠어."
그러자 동그라미가 대답했다.
"난 항상 둥글기만 하잖아. 근데 넌 조금만 기울여도 다이아몬드가 되잖아."

어쩌면 우리는 조금만 기울이면
빛나는 다이아몬드가 될지도 모른다.

금전적 가치의 재구성

내 스마트폰이 소중한 이유는 가격이 비싸서가 아니다.
그 안에는 나만의 소중한 추억이 담긴 사진이 저장되어 있다.
내가 사랑하는 사람들의 전화번호가 저장되어 있다.
늘 즐겨듣는 노래가 저장되어 있다.
이미 내 손에 익어 사용하기 편리하다.
즉, 나에게 있어서 가치 있기 때문에 소중한 것이다.
세속적 가치만을 추구하면 우리는 절대로 만족할 수 없다.
더 나은 가치가 항상 우리를 기다리고 있기 때문이다.
하지만 자신만의 가치를 추구하면 우리는 만족할 수 있다.
나만의 가치는 유일하기 때문이다.
우리는 만족할 때 행복할 수 있다.
금전적 가치를 재구성하라.
이것이 우리가 행복할 수 있는 비결이다.

돈으로 살 수 없는 나만의 목록을 한번 만들어보자.

메모리즈

그 순간에 저장하면 안심하게 된다.
어차피 저장하기 때문에 기억에 의존할 필요가 없기 때문이다.
그러면 감각도 잠을 잔다.
하지만 그 순간을 기억해야 한다면 감각이 살아나게 된다.
나만의 감각으로 온몸을 다해 느끼게 된다.
그래서 저장하는 것과 기억하는 것은 다르다.
기억하는 것은 뭔가 더 나답다고나 할까.
나의 주관적인 느낌 속에 남겨두는 것이기 때문이다.
물론 기억은 희미해진다.
저장하는 것보다 선명할 수 없다.
하지만 눈을 감을 때 더 예술적이다.
희미하지만 확장된다.
좀 더 적극적으로 구체적인 행동을 이끌어낸다.
그래서 저장보다 기억이 아름다운 것 같다.

선명한 기억은 오히려 더 괴로울 수 있다.

나를 찾고 싶어서

그 어떤 마지막 상황에서도
나를 잃어버리지만 않으면
후회는 없다.

그때로 돌아가고 싶은 이유는 나를 찾고 싶어서다.

연애
방법

Epilogue

'연애는 행위의 즐거움이 아니라 존재의 즐거움을 추구해야 한다.'

연애란 매번 특별한 날들의 연속이 아닌
소박하고 평범한 날들의 연속이다.

그런 일상에서 연인은 함께 만나 뭔가를 하며 시간을 보낸다.
대화를 나누기도 하고, 쇼핑도 하고, 먹기도 하고, 영화도 보면서
상대방과 서로의 시간 그리고 존재를 공유하는 것이다.

어차피 누구를 만나더라도 데이트는 한정될 수밖에 없다.
먹고 마시고가 아니면 뭐 특별히 별로 할 게 없다.
하지만 서로가 행위의 즐거움이 아닌 존재의 즐거움을 추구할 수 있다면
평범한 일상 속에서 특별한 의미를 줄 수 있다.

자기만의 눈빛, 표정, 언어, 태도, 취향, 매력을 통해서
한정된 연애의 범위를 넘어
서로가 자신만의 가치로 성장할 수 있는 추억을 만들 때
누구보다 본인이 원하는 연애를 할 수 있게 된다.

그럼 비록 사랑하는 사람과 이별하게 되더라도
내 소중했던 시간을 그 사람과 함께했음에 후회하지 않고,
또 다른 사람과의 희망적인 사랑을 꿈꾸게 되지 않을까?

수많은 연애의 끝에 남은 것은
지나간 시절의 달콤한 사랑의 추억이 아닌
그 사람을 통해서 성장할 수 있었던 성장의 추억뿐이었다.

서로가 만나 먹고 마시고 무의미한 시간만을 보내지 말고,
서로를 통해 자극받고 성장할 수 있는 의미 있는 연애가 되기를…

연애 잘하고 싶은데
방법을 모르겠어

1판 1쇄 인쇄 2018년 9월 7일
1판 6쇄 발행 2022년 5월 31일

지은이 송창민
펴낸이 김봉기

출판총괄 임형준
기획편집 김정혜
디자인 꽃피는봄이오면
마케팅 김보희, 최은지, 정상원, 이정훈
펴낸곳 FIKA[피카]
주소 서울특별시 서초구 서초4동 서초대로77길 55 , 9층
전화 02-3476-6656
팩스 02-6203-0551

이메일 fika@fikabook.io
출판등록일 2018년 7월 6일 (제 2018-000216호)

ISBN 979-11-964403-2-9 03810

연애
방법